# Tiepolos Geheimnis

von

Jo Kilian

# TIEPOLOS GEHEIMNIS

Ein historischer Residenz-Krimi

von

Jo Kilian

echter

Jo Kilian ist das kriminalistische Alter Ego von ROMANRAUSCH.eu

Bibliografische Information der Deutschen Nationalbibliothek
Die Deutsche Nationalbibliothek verzeichnet diese Publikation in der Deutschen Nationalbibliografie; detaillierte bibliografische Daten sind im Internet über ‹http://dnb.d-nb.de› abrufbar.

1. Auflage 2018

www.echter.de

Umschlag: wunderlichundweigand.de (Foto: akg-images)
Satz: Crossmediabureau – xmediabureau.de
Druck und Bindung: CPI - Clausen & Bosse, Leck
Gedicht Seite 104: Theodor Fontane, John Maynard (bearb.)

ISBN
978-3-429-04415-2 (Print)
978-3-429-04947-8 (PDF)
978-3-429-06367-2 (ePub)

Nicht nur sage ich, dass das Hofleben das alleredelste Leben der ganzen Welt sei, sondern ich darf mich erkühnen, es ein göttliches Leben zu nennen.

Es ist unleugbar, dass die großen Herrscher selbst vom Heiligen Geist Götter genannt werden. Denn gleich Gott im Himmel, regieren sie auf Erden. Sind beides nun Götter, so muss auch ihr Leben ein göttliches, demnach, das alleredelste Leben der ganzen Welt sein.

*Johann Rist,* Das AllerEdelste Leben Der Gantzen Welt

## KARNEVAL 1751

*Venezianische Maskerade* lautete das Motto des Abends. Es war ein Heidenspaß, der für zwei bedauernswerte Seelen bitter enden sollte.

Zwei Dutzend hochrangige Bedienstete seiner fürstlichen Gnaden Carl Philipp von Greiffenclau waren zu einem rauschenden Fest geladen. Darunter befanden sich auch die Neuankömmlinge aus Venedig – der hochverehrte Maestro Giambattista Tiepolo mit seinen Söhnen Domenico und Lorenzo.

Die Gäste waren angehalten eine Maske zu tragen, und nur zu gerne folgte man der Aufforderung. Ein einziges Mal im Jahr durfte man ungestraft seine Herkunft und Stellung unter den insgesamt vierhundert Bediensteten am Hof des Fürstbischofs verschleiern. Jeder war dem anderen gleichgestellt, keiner konnte wissen, wer sich hinter der Maske verbarg. Kammerdiener oder der Leibarzt des Fürsten? Küchenmeisterin oder die bevorzugte Muse eines Mächtigen?

Willkommen im Reich der Narren!

Das Speisezimmer war durch Hoffourier Spielberger, den fürstbischöflichen Quartiermeister, in flackerndes Kerzenlicht getaucht worden, die Luft stickig vom Dampf der Speisen und der Hitze der Gäste. Beschwingt klangen Weingläser aneinander, Gelächter hallte und da-Capo-Rufe überschlugen sich.

Auf der Bühne stand Signora Platti im Kreis der Musikanten, ausnahmsweise nicht im eleganten Kleid, sondern dem Kostüm einer Magd. An ihrer Seite kauerte ein Freiwilliger mit der Maske und in der Pose eines Adeligen, der dem Kommando seiner Dienerin Serpina nichts entgegenzusetzen hatte. Immer wieder setzte er zur Gegenrede an – erfolglos, Serpinas resoluter Sopran zwang ihn zum Schweigen.

„Still, still, Serpina regiert dies Haus!"

Keiner dachte sich etwas Böses dabei und aus über zwanzig Kehlen donnerte es zurück.

„Still, still, Serpina regiert dies Haus!"

Die Magd schwang sich zur Herrin auf, der Herr hatte zu gehorchen. So sah es die lustige Oper *La serva padrona* vor, in der ein reicher Tölpel von einer Dienerin zur Heirat überlistet wird.

Serpina: „Ihr handelt so, wie ich Euch lenke!"

Und alle wiederholten es lauthals, dass die Becher auf den Tischen tanzten und der rebellische Kanon durch die Hallen der weitläufigen Residenz schallte.

Nur einer schwieg, der Maestro Giambattista Tiepolo. Nachdenklich zog er an der Zigarre, in Gedanken ein paar Räume weiter, wo die Herrschaften dinierten. Keinesfalls würden ihnen diese aufmüpfigen Worte entgehen. Er schob die unleidige Maske eines Gondoliere beiseite, kratze sich an Nase und Stirn. Mochte das Schicksal gnädig sein. Es war Karneval, ein Scherz der betrunkenen Dienerschaft, nichts weiter. Morgen schon würde alles wieder in gewohnten Bahnen laufen.

„Was schaut Ihr so ernst, Vater?“, fragte Lorenzo, des Maestros jüngster Sohn von vierzehn Jahren. Seine Wangen waren erhitzt vom Singen und Tanzen, auf der Stirn perlte Schweiß. Schwarze Strähnen hingen in die goldfarbene Maske eines Falken.

Der Maestro fuhr ihm zärtlich übers Haupt. „Es ist nichts, mach dir keine Sorgen.“

„Aber, Vater, Ihr könnt mich nicht täuschen. Ich seh es genau: Etwas liegt Euch auf der Seele.“

Ein dankbares Lächeln. „Dem Himmel sei Dank für dein aufmerksames Auge. Es ist wirklich nichts, ich muss nur wieder an die Arbeit.“ Er wandte sich ab, bahnte sich einen Weg durch die Reihen der Maskierten und von der Realität Entrückten.

Lorenzo wollte ihm nachgehen, doch eine Hand auf der Schulter hielt ihn zurück.

„Er ist und bleibt ein alter Griesgram“, zürnte Domenico, des Maestros ältester Sohn von vierundzwanzig Jahren. Anders als der Vater verstand er die ihnen gewährte Ehre als Pflicht, es wäre ihm nicht im Traum eingefallen, das Fest frühzeitig zu verlassen.

„Sprich nicht so über ihn“, widersprach Lorenzo, „große Kunst wird von ihm erwartet.“

„Von uns!“, korrigierte Domenico und nahm seine schlichte, weiße Maske ab – er war kein Freund des närrischen Treibens und der Verkleidung, niemals gewesen, selbst in der Hochburg des Karnevals nicht, in ihrer Heimatstadt Venedig. „Ohne deine Zeichnungen und meinen wohlfeilen Pinsel ist all sein Ruhm vergebens.“

„Er ist der Maestro. Wir können nur tun, was er uns befiehlt.“

„Was ist ein Herr schon ohne seine Diener wert?"

Noch bevor Lorenzo den Einwand entkräften konnte, schnitt ihm die jubelnde Menge das Wort ab.

„Still, Widerspruch kann nichts gelten!"

Aus der tobenden Menge tauchte Cristina auf, des Maestros bevorzugtes Modell und nicht minder kreative Muse. Sie hielt geradewegs auf Domenico zu, der ahnte, was ihn erwartete. So wich er einen Schritt zurück, prallte aber gegen die breite Brust von Angelo, dem schwarzen Diener der Tiepolos.

„Tritt beiseite", befahl Domenico, was dieser umgehend tat. Aber es war zu spät, aus den gierigen Fingern Cristinas gab es kein Entrinnen.

„Vieni, balla con me!" *Komm, tanz mit mir!*

Zwischen ihren langen Strähnen, die noch eine Spur schwärzer waren als Lorenzos, funkelten zwei Augen, die ein Nein als Antwort nicht gelten ließen.

„Wir sind nicht in Venedig", war die klägliche Antwort Domenicos, „was sollen die werten Herren von uns denken?"

Sie warf die Mähne in den Nacken und lachte. „Herr? Diener? Niemand kümmert es. Heute sind wir alle gleich."

„Ihr solltet tun, was sie verlangt", brummte Angelo, „allein, um ein größeres Aufsehen zu vermeiden."

Recht hatte er, dachte sich Lorenzo. Cristina war in dieser Stimmung nicht zu bremsen. „Jetzt geh schon, wenn dir so viel an unserem Ruf liegt."

„Soll ich etwa Angelo bitten", giftete Cristina, „damit alle sehen, dass wir uns mit Wilden umgeben?"

Mit keiner Wimper zuckte der schwarze Diener, er blieb stoisch, den Blick nach vorne, über alle Köpfe hinweg gerichtet, obwohl Lorenzo wusste, dass die Beleidigung nicht ungesühnt bliebe. Irgendwann würde sich die Gelegenheit ergeben, Angelo vergaß nichts.

Notgedrungen lenkte Domenico ein und ließ sich von Cristina mitten unter die feine Hofdienerschaft ziehen.

„Meint Ihr, junger Herr", fragte Angelo, „sie wird gnädig mit ihm sein?" Ein Lächeln fiel auf seine wulstigen Lippen, darüber schloss sich eine nicht minder ausgeprägte Nase und breite Stirn an, die in langes, kupferfarbenes Haar überging – ein missglückter Versuch des Maestros, dem Hofvolk die Angst vor dem schwarzen Koloss zu nehmen.

„Ich fürchte, er bekommt, was er verdient."

„Ich denke, sie auch."

Es sollte keinen Atemzug länger dauern, als sich um die beiden Tänzer ein Kreis bildete. Anfeuerungsrufe gellten durch den Saal.

„Nimm mich hoch", befahl Lorenzo, und Angelo setzte ihn auf die Schultern.

Hier oben hatte der junge Tiepolo freie Sicht. Welch wunderbar inspirierender Anblick! Masken, wohin Lorenzo schaute. Kleine, mit Pailletten besetzte Augenmasken konkurrierten mit üppig verzierten Gesichtern. Andere stellten Tiere dar – Katzen, Tiger oder Vögel, aus denen Federn sprossen. Einer ging mit der schwarzen Schnabelmaske des Pestdoktors umher – runder Hut und ein einfaches, wallendes Gewand, einen Stock in der Hand, um Kranke abzuhalten. Er jagte Lorenzo einen Schauer über den Rücken.

„Fürchtet Ihr Euch, junger Herr?“, fragte Angelo, dem nichts zu entgehen schien, obwohl ihm seine langen, kupferfarbenen Haare ins Gesicht hingen. Es war seine Art der Maskierung, wenngleich niemand diesen Koloss verwechseln konnte.

„Pah, niemals!“, log Lorenzo, wissend, dass er Angelo nicht belügen konnte. Der war von klein auf an seiner Seite gewesen, hatte mit ihm gespielt, ihn getröstet und beschützt. Er war sein eigentlicher großer Bruder gewesen, während Domenico schon damals in der Werkstatt des Vaters arbeitete.

„Ich spüre, wie Ihr zittert.“

„Du irrst. Es ist die Freude, nicht die Angst.“

„Vermisst Ihr die Heimat?“

Lorenzo seufzte. „Ich wünschte, Mutter wäre hier und könnte mit uns feiern. Es ist so ein prachtvolles Fest.“

„Ich bin sicher, sie ist mit jedem Gedanken bei Euch.“

„Und ich bei ihr“, sagte er leise und drückte eine Träne weg. „Genug, jetzt“, er holte tief Luft, „ich will Spaß haben. Sag, was wollen wir als Nächstes tun?“ Ihm stand der Sinn nach einem Abenteuer.

„Der Fasan könnte uns munden.“

Es verging keine Stunde, in der Angelo nicht ans Essen dachte. Kein Wunder. Sein muskulöser Körper wollte versorgt werden.

„Achtzehn Speisen und fünf Körbe mit feinstem Konfekt sind gereicht worden“, antwortete Lorenzo verblüfft, „dazu Wein, Bier und Geistiges. Hast du immer noch nicht genug?“

„Nicht einen Bissen habe ich bekommen.“

„Hat man dir etwa nichts in der Küche serviert?“

„Sie fürchten mich, junger Herr.“

„Unverschämtheit!“ Ein entschiedener Schenkeldruck und Angelo setzte ihn ab. „Warte hier. Ich werde dir etwas besorgen.“

„Wie Ihr befehlt.“

Wieder auf den Beinen drückte sich Lorenzo an den klatschenden, singenden und auch taumelnden Gestalten vorbei, jetzt nicht mehr vom Zauber eines Maskenballs durchdrungen, eher missmutig bis aufgebracht.

„Tretet zur Seite!“, blaffte er einen im Kostüm eines französischen Chevaliers an, nicht wissend, wer genau sich dahinter verbarg. Der Nächste stellte sich ihm geradewegs entgegen, ein beleibter Kerl mit verschwitzten, schwarzen Haaren, darunter die furchterregende Maske eines Drachen oder sonstigen Getiers mit Nüstern und klaffenden Zähnen.

„Wohin des Wegs, junger Tiepolo?“

Lorenzo stockte. „Woher wisst Ihr, wer ich bin?“, und im selben Moment ging die Hand zur Maske, die er aufs Haupt gerückt hatte. „Wer seid Ihr?“

Der Drache nahm die Maske ab. Es war der Meister des Stuckierens höchstselbst, der Lombarde Antonio Bossi, mit dem sein Vater in den vergangenen Wochen immer wieder zusammengesessen und die Ausgestaltung des Saales besprochen hatte. Ein wichtiger Mann, er sollte vorsichtig sein.

„Verzeiht, wenn ich Euch nicht gleich erkannt habe“, entschuldigte sich Lorenzo. „Der Appetit treibt mich zur Tafel.“

In Bossis Begleitung befand sich ein weiterer, etwas dicklicher Maskierter, dem der Hut eines türkischen Janitscharen nicht ganz passen, wie auch der angeklebte schwarze Bart nicht länger halten wollte. Es handelte sich unverkennbar um Balthasar Neumann, den Baumeister dieser fürstlichen Residenz zu Würzburg, und nach dem Hausherrn um den wichtigsten Befehlsgeber am Hof, auch und gerade für die Tiepolos.

Eine hastige, vielleicht übertriebene Verbeugung Lorenzos sollte die Unachtsamkeit wettmachen. „Seid gegrüßt, Meister Neumann."

Der nahm den jungen Spross des großen Tiepolo kaum wahr, seine Aufmerksamkeit gehörte den Gästen. Disziplin und Ordnung standen für ihn an erster Stelle. Dass es ja niemand mit der Ausgelassenheit übertrieb. Der Fürst dinierte im Kreis seiner erlauchten Gäste nicht weit entfernt, und Neumann war selbstredend einer von ihnen. Wenngleich nicht von vornehmer Herkunft, so war er doch ein hochdekorierter Obrist im Kampf gegen das Türkenheer vor Belgrad und nicht weniger des Fürsten wichtigster Diener in diesem atemberaubenden Bauvorhaben.

„Wo ist Euer Vater?", fragte Bossi mit schwerer Zunge. „Ich glaube, ihn noch vor einem Moment gesehen zu haben."

„Er hat sich zurückgezogen. Die Entwürfe für den großen Saal beschäftigen ihn über alle Maßen."

„Daran tut er wohl", antwortete Neumann unerwartet und mit einer unverhohlenen Warnung, „nicht, dass wir erneut auf einen Betrüger hereinfallen."

Damit war ein windiger Gauner namens Visconti gemeint, der vor den Tiepolos an den Hof berufen worden war. Statt die Räume und Decken kunstfertig auszumalen, versteckte dieser Filou sich hinter einem Gerüst und verprasste den üppigen Vorschuss für Wein, Weib und Gesang. Die Schmach war in Windeseile durch die Lande gegangen und hatte manch schadenfrohen Geist gefunden.

Lorenzo wusste von den hohen Erwartungen, die nun an die Tiepolos gestellt wurden. Er beschwichtigte: „Habt keine Sorge. Mein Vater wird Wunderbares, nie Dagewesenes vollbringen. Das kann ich Euch versprechen. Nun entschuldigt mich, mein Hunger lässt sich nicht länger bezähmen."

Nur schnell weg, keinen Blick zurückwerfen und besser etwas vorsichtiger sein. Auf diesem Fest der Diener trieben sich maskierte Herren herum, selbst wenn sie eigentlich keine waren.

Die lange Tafel mit den vielen Speisen und Getränken lag verwaist da, während die Gäste von Cristinas Freizügigkeit berauscht wurden. Nur einer konnte dem Treiben nichts abgewinnen: Der alte Hofnarr in seinem lächerlich normalen Kostüm, grün-weiß gestreift, mit einem Sternenkranz von Glöckchen um Leib und Haupt. Seiner Arbeit beraubt, kümmerte er betrunken in einer Ecke. Lorenzo fühlte mit ihm. Wozu war ein Narr unter lauter Narren noch nützlich?

Da packte ihn jemand am Arm. „Komm mit!", befahl Domenico außer Atem und schweißgebadet. „Cristina wird uns noch alle ins Verderben stoßen."

„Lass mich los!", widersetzte sich Lorenzo, „Angelo hat noch nichts …" Doch es war vergebens, schließlich überflüssig. Angelo tauchte hinter Domenico auf. Er ließ seine Schutzbefohlenen nie aus den Augen.

„Das wird nicht gut enden."

„Soll sie sehen, wie sie das Vater erklärt. In ihr steckt der Teufel."

Weiterer Widerspruch war zwecklos, Gegenwehr vergebens. Domenico zog seinen Bruder aus dem Saal, hinaus in den weiten, leeren Gang, wo sich die Stimmen brachen und in den Schatten verloren.

„Wir können sie doch nicht einfach zurücklassen", protestierte Lorenzo.

Domenico wollte nichts davon wissen. „Doch, können wir."

Ein flehender Blick zurück. „Angelo ..."

Der klang gelassen. „Das Schicksal nimmt sich ihrer an."

Der Lärm verebbte, je weiter sie sich in den dunklen Gängen des Schlosses verloren. Die vielen Baustellen dort änderten sich täglich und damit auch die Orientierungspunkte. Schließlich wussten sie gar nicht mehr, wo sie sich befanden.

„Porco Giuda!", fluchte Domenico – *zum Teufel nochmal.* „Wo sind nur unsere Gemächer?"

„Wir hätten die andere Abzweigung nehmen müssen", erwiderte Angelo.

„Wieso hast du das nicht früher gesagt?"

„Ihr habt die Führung übernommen."

„Hüte deine Zunge!"

Das ungewöhnlich scharfe Wortgefecht zwischen Diener und Herr ging an Lorenzo vorüber, seine Gedanken verloren sich in der mondbeschienenen Nacht jenseits der Fenster, wo Schneeflocken taumelten und die Welt in Zuckerguss tauchten. Friedlich und einladend lag sie da, dieses Gegenstück zum Lärm und der stickigen Luft des Ballsaals.

„Lasst uns eine Schneeballschlacht machen."

„Red keinen Unsinn!", beschied Domenico. „Vater erwartet uns."

„Vater ist in seine Pläne vertieft", konterte Lorenzo.

„Oder er muss Cristina einfangen", fügte Angelo hinzu.

„Ihr seid Langweiler", und kaum gesagt, lief Lorenzo auch schon los. Mitten hinein in den nächsten dunklen Gang, um die Ecke und um eine weitere. Einzig gelenkt vom Mondlicht, das durch die Fenster hereinfiel und dem drängenden Wunsch, diese Nacht tobend im Schneegestöber zu verbringen. Die mahnenden Rufe Domenicos verblassten, die schweren Schritte Angelos blieben ihm aber auf den Fersen.

Dann endlich, nach einer engen Treppe hinunter ins Erdgeschoss, fiel kalte Luft herein, eine Tür stand offen. Diener eilten hindurch, in den Händen Decken und Mäntel, einer jonglierte gar mit heißen Steinen. Und als Lorenzo endlich in diese wunderbare Nacht trat, glaubte er seinen Augen nicht zu trauen.

Im Fackelschein des Hofes standen etliche Pferdeschlitten aufgereiht. Auf einem hatten sich Musiker eingefunden, sechs an der Zahl, warm angezogen und die empfindlichen Instrumente gegen die Schneeflocken schützend, was ein aussichtsloses Unterfangen war. Binnen kurzem legte sich erneut eine weiße Schicht auf Geigen, Oboen und Hörner, wie auch auf die vielen Häupter dieser unerwarteten Festgesellschaft. Und dass es eine vornehme, herrschaftliche war, daran bestand kein Zweifel.

Prächtig glitzernde Gewänder waren mit goldenen und silbernen Brustpanzern besetzt, sie schillerten im Schein der Fackeln als exotisch anmutende Uniformen eines türkischen Paschas, eines römischen Feldherrn oder eines griechischen Eroberers. Die Gesichter waren maskiert, Lorenzo glaubte in einem dieser Kriegsherren Alexander den Großen zu erkennen, in einem anderen Cäsar und in einem dritten gar die Verkörperung der Pallas Athene – die griechische Göttin der Weisheit, des Kampfes und der Kunst.

Doch am meisten wurde Lorenzos Erstaunen von diesen prachtvollen, wunderbar gestalteten Schlitten gespeist. Das waren keine einfachen Gefährte mit einer groben, unbequemen Holzauflage, das waren wahre Meisterwerke der Schnitz- und Schmiedekunst. Der Körper eines angriffslustigen Widders mit geschwungenen Hörnern schützte seinen Herrn gegen jegliche Attacke, desgleichen ein wuchtiges Wildschwein mit gefletschten Hauern oder ein Hirsch mit mächtigem Geweih. Nur ein Tier schien der Attacke erlegen – ein braun gefleckter, auf dem Rücken liegender und vor Schmerz gekrümmter Jaguar, in dessen Seite sich ein Pfeil gebohrt hatte. Aus dem Maul schwang sich eine Zunge und stachen Zähne hinaus, die Tatze war mit scharfen Krallen zur letzten Gegenwehr erhoben. Welch ein Meisterwerk!

„Bist du nicht ein Tiepolo, des Maestros jüngster Sohn?"

Die ihn da unvermittelt ansprach, war Pallas Athene. In der Hand einen Speer, auf dem Haupt den nach vorne geschwungenen Streithelm, und die Brust schützte ein goldener Panzer mit dem gewundenen Schlangenhaar einer Gorgonin.

Verblüfft fiel Lorenzo im ersten Moment nichts anderes ein als eine Verbeugung, darauf folgte ein Stottern. „Ja, Eure Hoheit, ich bin Lorenzo …"

Die Göttin lachte. „Ich bin keine Hoheit, nur eine Comtesse, eine Gräfin. Habe ich dich so sehr verwirrt?"

Ja, das hatte sie, und sie legte nach.

„Hübsch bist du, fast schon sündhaft." Ihre Hand hob sein Kinn an, der stechende Blick der Medusa ließ ihn schaudern.

„Es schickt sich nicht mir derart zu schmeicheln", erwiderte er mit unsicherer Stimme. „Ich bin nur ein bescheidener Diener unseres hochfürstlichen Herrn, Ihr aber seid eine Göttin."

Sie lachte herzerfrischend. „Comme c'est merveilleux! Ich wünschte, mein abtrünniger Gatte fände deine Worte und hätte deinen unwiderstehlichen Charme." Sie streichelte ihm übers Haar. „Oh, du mein junger, wunderschöner Chevalier. Ich bin sicher, die Frauen verzehren sich nach dir."

Jetzt wurde er rot und das mitten im Schneegestöber. Die Kehle war trocken, unmöglich auch nur einen Ton hervorzubringen.

Und sie? Sie lachte erneut, nein, nicht boshaft oder höhnisch, es hörte sich mehr nach einem wohligen Gurren an, so als träfe sich ihre Vorhersage mit einer bislang unerfüllten Leidenschaft.

Zu Lorenzos Rettung schallte ein Ruf über den Hof, genauer: ein Befehl.

„En selle!" *Aufgesessen!*

Eine Peitsche knallte und die Schlittenführer nahmen ihre Plätze am hinteren Ende der Schlitten ein – junge, adelige Studenten oder Offiziere, die für die Herrschaften mit Peitsche, Bremse und Füßen lenkten.

Lorenzo trat einen Schritt zurück, räusperte und verneigte sich. „Ich wünsche Euch eine angenehme Ausfahrt."

„Du siehst mir ein wenig traurig aus", sagte die Comtesse. „Was hältst du davon, wenn du mich begleitest?"

Er glaubte seinen Ohren nicht zu trauen. „Verzeiht, Comtesse, was habt Ihr da gesagt?"

„Es ist genügend Platz für uns beide und es ist kuschelig warm."

Lorenzo zögerte. Durfte er auf das Angebot eingehen? Es war gegen jede Regel am Hof des Fürsten, wo großer Wert auf die Etikette und das Zeremoniell gelegt wurde.

Wieder knallte die Peitsche.

„Allez! On y va!" *Los geht's!*

„Jetzt! Bevor es zu spät ist."

Der Schlitten zog an. Lorenzo blickte sich um, noch immer zweifelnd, aber mit wachsender Abenteuerlust. Schließlich kamen Angelo und Domenico durch die Tür auf den Hof gelaufen. Damit war die Entscheidung gefallen. Er sprang auf den Schlitten auf, landete zwischen den Schenkeln der Comtesse und achtete nicht weiter auf die Rufe seines Bruders und des Dieners.

*Was soll's?! Zum Teufel mit der Etikette!*

Die Fahrt ging durchs Tor hinaus auf den weiten Platz vor der Residenz. Das Mondlicht glitzerte im frischen Schnee. Niemand traute sich in der Nacht so nah an das Schloss heran, die Wachen hätten ihm Beine gemacht. Jetzt erst recht, da die Ausfahrt einem Ausfall glich, von dem keiner wissen konnte, wem er galt. Fackelfeuer flackerte an und zwischen den Schlitten, Peitschen knallten wie Gewehrfeuer, Kommandos gellten und die Insassen der Streitwägen waren unverkennbar gefürchtete Eroberer. Nur eins wollte nicht auf einen Handstreich schließen lassen – die Musik. Statt martialischer Töne, die die Krieger in die Schlacht begleiteten, spielte das kleine Orchester zu Tanz, Jubel und Heiterkeit auf.

„Heyja! Lauf!", skandierte es hinter Lorenzo und der Comtesse, gefolgt vom hellen Surren der Peitsche und dem Schnauben des Pferdes. Der Schlittenführer musste ein Soldat sein, gemessen an der resoluten Stimme.

„Gefällt es dir?“, hörte Lorenzo an seinem Ohr.

Ein entschiedenes Nicken, nicht aus Zwang, sondern aus Überzeugung. War das ein Abenteuer! Er befand sich mit einer leibhaften Comtesse in einem Schlitten, ach, in einem wunderbaren Streitwagen. Davor und dahinter weitere, furchteinflößende Pferdegespanne, denen man besser nicht in die Quere kam. Denn selbst die Pferde waren nicht einfach nur harmlose Rösser, sie waren mit Büschen, Bändern und anderem Zierrat geschmückt, sodass man sie als Bären, Löwen, Adler und Schwäne deuten konnte. Welch eine Pracht! Er hatte nichts Vergleichbares je erlebt – selbst in der Hochburg des Karnevals nicht, in Venedig. Denn dort war er nur der Sohn eines Handwerkers, hier aber der Protegé einer wahrhaften Comtesse.

Vorbei am Residenzgarten und einer Kirche tauchten kleine Lichter aus dem Dunkeln auf, die neugierige Bürger erwartungsvoll vor sich hielten.

„Greif nach vorne in den Korb“, drang es an Lorenzos Ohr, und er folgte widerspruchslos. Als Erstes fand er den heißen Stein, der die Füße wärmte, dann den Korb, darin Konfekt und Obst.

„Was soll ich damit?“, fragte er.

„Werfen natürlich.“

„Werfen? Warum?“

Die Comtesse nahm es ihm aus der Hand, gab dem Lenker ein Zeichen, die Peitsche surrte und der Schlitten schloss zum vorderen auf. Dann geschah Undenkbares. Die Comtesse bewarf den türkischen Pascha mit süßem Konfekt.

„Graf Falkenberg, was seid Ihr nur für eine lahme Ente", nicht bösartig, nein, sie lachte und machte ungebührliche Gesten, dass man meinen konnte, eine liederliche Dirne habe sich unter die hohen Herrschaften geschlichen. Und der Pascha quittierte die Unverschämtheit nicht etwa mit dem krummen Türkensäbel, er tat das Gleiche. Konfekt und Obst waren auch seine Munition, es flog Lorenzo um die Ohren wie Kanonenkugeln.

„Schneller!" Die Peitsche gehorchte und der nächste Schlitten wurde ihr Ziel. „Mehr!", ermutigte sie Lorenzo, „gib mir mehr", und er reichte ihr Konfekt und Obst wie zuvor.

Nun hatten sie es mit einem anderen Gegner zu tun. Die Comtesse grüßte nicht mit Schmähungen, sondern mit fragwürdigen Liebkosungen.

„Liebster Gatte", schnurrte sie, „wollt Ihr den Kampf mit mir wagen?"

Der Comte, im Kostüm eines römischen Feldherrn, war nicht gewillt. Lustlos winkte er ab, nahm stattdessen einen Schluck Wein, was die Comtesse anstachelte.

„Fehlt Euch etwa der Mut? Hier, nehmt das!", und eine Handvoll Konfekt flog ihm um die Ohren.

„Ihr macht Euch lächerlich", kam es indigniert zurück.

Sie stichelte weiter. „Verlogener Schlappschwanz!"

Er quittierte es mit einem höhnischen Lächeln. „Liebreiz ist nicht Eure erste Tugend."

„Wenn Ihr ein richtiger Mann sein wollt", keifte sie, „dann

stellt Euch endlich! Oder habt Ihr Eure hochwohlgeborenen Hosen voll?“

Jetzt lachte sie, so laut und entrückt, dass es Lorenzo ganz anders wurde. „Comtesse, wollt Ihr nicht jemand anderen wählen?“, er zeigte auf die Schlitten vor und hinter ihnen, aber auch die vielen am Wegesrand Stehenden, die das Konfekt und das Obst auflasen und in mitgebrachte Beutel steckten.

Darunter befanden sich Kinder, die sich mit Schneebällen bewarfen. Und just einer dieser Schneebälle verirrte sich aus dem Getümmel in den festlichen Zug.

War es Schicksal? Sicher ein verhängnisvolles Unglück, dass das Geschoss mitten im Gesicht des Comtes landete. Der ließ den Schlitten umgehend anhalten.

„Bravo!“, applaudierte die Comtesse, „welch vorzüglicher Treffer.“ Auch sie ließ den Schlitten stoppen. Lorenzo sprang heraus, bot ihr die Hand an.

Der Comte hielt sich das schmerzende Auge und forderte vom Schlittenführer die Peitsche. Dann stapfte er durch den Schnee auf die Unglücklichen zu. „Wer war das?!“

Die Kinder wichen zurück, keines antwortete.

„Ich frage nochmals: Wer von euch hat mich angegriffen?“

Die Comtesse schritt ein, versuchte ihn zu beruhigen. „Es war ein dummer Zufall, werter Gatte. Nichts weiter. Kommt, bevor wir die anderen verlieren.“

Rückzug war für den Comte indiskutabel, Vergeltung für die erlittene Schmach erste Pflicht. „Ein letztes Mal!“, schrie er sie an, „komm hervor und ich will es bei einem Dutzend Peitschenhiebe belassen.“

Das waren schlechte Aussichten für ein Geständnis, die ersten retteten sich in die Nacht. Einzig ein Junge und ein Mädchen schienen den Ernst der Lage nicht zu begreifen. Sie bewarfen sich weiterhin mit Schnee, tollten herum wie junge Hunde.

„Ihr da!“, befahl der Comte, „kommt her“, was die Ahnungslosen sofort taten. Vielleicht gab es eine extra Portion vom leckeren Konfekt.

Lorenzo sah ihre freudestrahlenden Gesichter, die ein Stück dunkler und asketischer waren als die örtlichen. Ihre Kleidung passte ebenso wenig in diese Stadt, eher südländisch, es mussten Reisende sein, Händler oder …

„Respektlose, gottlose Brut!“, schimpfte sie der Comte und deckte sie mit wuchtigen Peitschenhieben ein, auf dass sie zu Boden gingen und heulend um Gnade flehten.

„Haltet ein“, ging ihm die Comtesse in den Arm, „Ihr züchtigt unschuldige Kinder.“

„Niemand ist unschuldig“. Ein Stoß beförderte sie in den Schnee und weitere Hiebe fanden ihr Ziel auf den blutigen Rücken der Kinder. „Ich will euch lehren, einen Vornehmen von Stand und Ehre zu beleidigen.“

Graf Falkenberg, der türkische Pascha, dessen Schlitten ebenfalls angehalten hatte, redete auf ihn ein. „Comte, genug, Ihr bringt sie noch um.“

Eine dritte Vornehme kam hinzu, eine Aphrodite oder Helena in einem prächtigen Pelz. „Comte, beherrscht Euch“, aber es war vergebens.

„Baronesse, bleibt Ihr bei Euren Liebschaften, ich aber will Gerechtigkeit walten lassen.“

Lorenzo nahm all seinen Mut zusammen und warf sich dem Comte vor die Füße. „Gnädigster Herr und Fürst, zeigt Erbarmen. Sie wussten nicht, was sie taten."

„Das schützt sie vor Strafe nicht", erwiderte der Comte. „Geh zur Seite, bevor auch du meine Peitsche zu spüren bekommst."

„Herr, ich flehe Euch an …"

„Wie du willst." Die Peitsche erhob sich, da stachen eine Frau und ein Mann aus dem Dunkel hervor, sie nahm die Kinder schützend in die Arme, während der Mann zu begreifen versuchte, was hier vor sich ging.

„Per amor del cielo! Che cosa è successo?" *Um Himmels Willen! Was ist geschehen?*

Also hatte Lorenzo recht behalten: Es waren Landsleute von ihm, allerdings sprach der Mann einen seltsamen Dialekt. Genuesisch? Neapolitanisch? Diese Kerle verstanden keinen Spaß, wenn es um Ehre und Familie ging. Vorsicht war geboten.

Mit blutzornigem Gesicht ging er auf den Comte los, in der Hand eine kurze Klinge. „Che cosa hai fatto?!" *Was hast Du getan?!*

Der Comte war von der Ungeheuerlichkeit überrascht, er wich einen Schritt zurück, bis er sich seiner Stellung besann und wieder zum Angriff überging. Die Peitsche flirrte durch die winterliche Luft – drei, vier, ein ganzes Dutzend Mal. Der Schlittenführer sprang seinem Herrn bei und schlug gleichsam auf die Unglückseligen ein.

Lorenzo atmete schwer, nicht vor Schmerz, sondern von der Last der Körper, die auf ihm lagen. Warmes Blut tropfte auf die Wangen und in die Augen, das Weinen und Wimmern der

Kinder drang an sein Ohr. Dann endlich, als er es nicht mehr für möglich gehalten hatte, hörte er eine vertraute Stimme.

„Lorenzo! Wo bist du?!“ Es war Angelo, sein Schutzengel und treuester Freund.

Darauf in gebrochenem Deutsch: „Dein Tod, meine Ehre.“

## FRÜHLING 1753

Apoll stellte sein Tagwerk ein, der Götterhimmel tauchte in den Schatten. Jupiter, Merkur und all das andere Himmelsvolk im Deckenfresko ergaben sich Luna, der Mondgöttin und liebevollen Gefährtin durch die Nacht.

„Genug für heute!“, rief Giambattista Tiepolo den Malern, Handwerkern und Arbeitern zu. „Bis morgen früh zum Sonnenaufgang.“

Erleichtert stellten sie Schaufel, Kelle und Eimer beiseite, klopften sich den Staub aus der Kleidung und verließen müde die Baustelle.

Mit entzündeten Augen stand Tiepolo in schwindelerregender Höhe auf dem Gerüst, das so groß und mächtig schien wie jenes zu Babel. Kleidung, Hände und Gesicht des Maestros waren farbverschmiert, seine Haltung vom stundenlangen Stehen gebeugt. Der Nacken schmerzte, die Schulter stach bis auf den Knochen. Unmöglich, auch nur noch einen weiteren Pinselstrich zu tätigen.

Doch die Zeit drängte. Der Fürst wollte Fortschritte sehen, die feine Hofgesellschaft tuschelte bereits. Ihr Geschwätz ging in die ganze Welt hinaus. Was waren das für fremdartige, rätselhafte Figuren, die sich da unter dem Götterhimmel scharten? Eine barbusige Wilde mit Federn auf dem Haupt saß auf einem archaischen Monstrum, ein Ungeheuer, dessen Maul so groß war, dass es ein Pferd verschlingen konnte. Ihr zu Füßen häuften sich abgeschlagene Köpfe. Menschenfresser tummelten sich gierig um die Beute am Feuer. Nein, das war alles andere als erwartet, das war roh und unkultiviert.

„Kommt jetzt, Vater", sagte Domenico, nicht weniger verschmutzt und erschöpft, „lasst uns etwas essen und trinken." Er steckte den Pinsel in einen Eimer, strich sich den Gipsstaub von Ärmeln und Hose.

„Geh schon vor", erwiderte Tiepolo, „ich will mir noch das Tagwerk für Morgen ansehen." Er schleppte sich zu einem breiten Tisch mit heruntergebrannten Kerzen, darauf die Pläne des heutigen Tages. Er rollte sie zusammen und legte sie beiseite. Aus einem Korb holte er den nächsten heraus, ein Füllhorn sollte es werden. Eine diffizile Arbeit. Er beugte sich darüber und vergaß die Welt um sich herum.

Domenico widersprach nicht, er hatte nichts anderes erwartet. Seitdem die Pläne geändert worden waren und die Diskussionen um die passende Ausschmückung dieser riesigen Decke nicht abreißen wollten, hatte sich sein Vater noch weiter zurückgezogen. Er war kaum ansprechbar, auch nicht von Lorenzo oder ihm, außer, es ging um diese vermaledeite Decke. Sie verlangte ihm all sein Können ab. Mitunter schien es Domenico, dass er scheitern würde, dass er seinen Zenit als weltbester Maler überschritten hatte, und dass sein Vater das Scheitern insgeheim spürte, es sich und den anderen nur nicht eingestehen wollte. Eine neue Zeit brach an, über der alten sammelten sich dunkle Wolken.

Die anderen Maler und Arbeiter auf dem Hochgerüst schlichen an den Tiepolos vorbei, auf den Lippen ein kaum verständliches „Bis Morgen, Maestro". Eine Leiter führte viele Sprossen hinab auf festen Grund in diesem kahlen, weiten Treppenhaus. Still verließen sie das Schloss über einen Seitengang, während aus dem Gartensaal Stimmen klangen, Geigenspiel und Gesang den Müßiggang bekleideten.

Wenn die Götter im Fresko zu Bett gingen, mussten noch lange nicht ihre irdischen Verwandten – Fürstbischof Greiffenclau und seine noblen Gäste – folgen. Gut ein Dutzend mochte es an diesem milden, fast schon sommerlich warmen Abend sein.

Die Tafel war bei offenen Türen zum Hofgarten hin aufgebaut, nach dem üppigen Mahl gedachte man einen Spaziergang zu unternehmen. Silberbesteck und feinste Gläser schillerten im Licht der geschwungenen Kerzenständer. Reh, Fasan, Hase und Perlhuhn mit frischen Kräutern und Salaten standen auf der Speisekarte, dazu Wein aus den ersten Lagen der fürstlichen Weinberge. Für die vornehmen Damen durfte es auch ein prickelnder Schaumwein mit kandierten Früchten sein. Schokolade war begehrt, nicht allein des Zuckers wegen, man munkelte, diese kleinen, braunen Pralinen hätten magische, stimmungsaufhellende Kräfte.

Der Mangel an Stimmung war nicht dem vorzüglichen Gesang Signora Plattis allein geschuldet, auch nicht der lüsternen Jagdgesellschaft im Deckengemälde des Gartensaals, wo sich ein Bacchus im Kreis seiner nackten Gespielinnen schamlos wand, sondern dem unerwarteten Ableben des Hofnarren. Wer unterhielt nun die Grafen und Gräfinnen, die Barone und Baronessen, die weitgereisten Chevaliers und Edelfrauen, wenn der Unterhalter den Tod statt ihrer Gesellschaft bevorzugte?

Schließlich waren sie nicht nur wegen dieser Baustelle mit ihren mysteriösen Dekorationen an den Hof gekommen, und auch der große Maestro aus Venedig vermochte die Begeisterung nicht länger aufrecht zu erhalten, sie hatten Anspruch auf eine standesgemäße Bewirtung und geistreiche Unterhaltung.

Der Vortrag Signora Plattis kam zu einem vorläufigen Ende, ihre Stimme verlangte nach Erholung, ihre Begierde nach Schaumwein mit Schokolade. Gelegenheit, auf den inakzeptablen Umstand zu verweisen.

„Gestattet mir ein Wort, Exzellenz", bat Graf von Falkenberg mit unüberhörbarem österreichischem Zungenschlag, ein oft gesehener Gast an den Höfen im Reich, ein modebewusster Bonvivant mit vorzüglichem Geschmack obendrein. Eine gelockte Perücke fasste sein gepudertes Gesicht, auf der Wange saß ein dezent gesetzter schwarzer Punkt, Ärmelenden und Halspartie waren mit feinster französischer Spitze verziert.

Weitaus schlichter war Fürst Greiffenclau gekleidet. Böse Zungen sagten ihm den Kleidungsstil eines Hofbeamten nach.

„Nur zu, sprecht", antwortete er beiläufig, viel mehr interessierte ihn, was sein Protegé, Lorenzo Tiepolo, da zeichnete.

Der saß an seiner Seite und fertigte im Auftrag des Maestros Charakterstudien der Gäste an. Die vielen Figuren im entstehenden Fresko brauchten Gesichter, und keines sollte dem anderen gleichen.

„Meine Reisen führten mich kürzlich an den Hof von Herzog Stanislaus nach Lunéville“, begann Falkenberg, „und ein gar wunderlich Ding bekam ich dort zu sehen.“

„Ganz wunderbar, fürwahr, ist seine Hofhaltung“, warf die Baronesse de Fleury ein, die ein Praliné in Augenschein nahm, ob es ihrem Anspruch gerecht wurde.

„Eben deswegen war ich auch dort“, gab Falkenberg indigniert zurück. Dieses impertinente Weibsbild von zweifelhaftem Rang raubte ihm schon den ganzen Tag die Contenance.

„Dann lasst hören, was ich ohnehin schon weiß.“ Sie legte das Praliné zurück, unterzog nun den Schaumwein einer Prüfung.

„Sicher nicht, was mir der Herzog im Vertrauen berichtet.“

„Was er Euch aufgegeben hat, so wie den vielen anderen, die sich bei ihm einnisten.“

„Madame! Ihr versteigt Euch in Eurer Wortwahl wie in Eurer Bedeutung.“

„Die für Euch unerreichbar sind.“

Greiffenclau ging dazwischen, der Abend war zu schön, um Streit zu dulden. „Was habt Ihr in Lunéville gesehen?“

„Am Hof von Herzog Stanislaus“, korrigierte Falkenberg, „gibt es ein Ding, um genau zu sein, ein Menschlein von nicht vorstellbarer Kleinheit. Ihr könnt Euch nicht vorstellen, wie … “

Die Baronesse gähnte demonstrativ. „Den Zwerg Bébé kennt jeder Dienstbote, bis hinein in die dunkelste Hafenkaschemme von Marseille.“

„Wo Ihr Euch offensichtlich gut auskennt.“

„Wo Euer Name für Heiterkeit sorgt. So berichten es mir meine Dienstboten.“

„Was hat es mit diesem Zwerg auf sich?“, hakte Greiffenclau nach.

„Es ist ein ausgewachsener Mann, wenn man das so sagen kann, aber kleiner als ein Kind von zwei, drei Jahren.“

„Wahrlich, das ist klein. Wo hat ihn der Herzog her?“

„Die entscheidende Frage ist“, kam die Baronesse dem Grafen zuvor, „wie der Herzog ihn wieder losbekommt. Dieser jähzorniger Tyrann ist schlimmer als ein Sack Bettflöhe.“

„Aber ein ausgesprochen witziges Kerlchen“, korrigierte Falkenberg. „Es vergeht kein Tag, an dem er den Herzog und seine Gäste nicht aufs Vorzüglichste zu erheitern vermag.“

„Lachen und weinen“, beschied Greiffenclau, „zwei Seiten einer uns wohlbekannten Disziplin: dem Theater.“

„Ich hätte es nicht treffender ausdrücken können, Exzellenz“, bekräftigte Falkenberg mit Nachdruck, „der Unterhaltung.“

Die Baronesse Fleury stimmte unerwartet zu. „Wo ist Euer Hofnarr, Exzellenz, le Bouffon!? Mir steht der Sinn nach Lachen.“

Greiffenclau beteuerte: „Wahrlich, es ist nicht leicht einen neuen Unterhalter für meinen Hof zu finden. Viele haben sich beworben, doch keiner vermochte mich zu rühren …“

Ein enttäuschtes Seufzen ging reihum.

„Keiner … bis auf einen.“

Falkenberg applaudierte unhörbar, aber demonstrativ. „Ich brenne vor Ungeduld auf seine Scherze.“

Ein Handzeichen Greiffenclaus befahl einem Diener nach draußen zu eilen, die anderen zehn verharrten an Ort und Stelle.

„Wo habt Ihr ihn her?“, fragte die Fleury ungeduldig.

„Kennt man ihn?“, schob Falkenberg nach, und noch zwei Dutzend weiterer Fragen prasselten auf Greiffenclau ein. Doch der übte sich in Schweigen und einem Lächeln.

Ebenso gespannt wie alle anderen blickte Lorenzo zur Tür. Unter den Dienstboten war ein Gerücht umgegangen, dass sich der Fürst nun tatsächlich für einen der vielen Kandidaten entschieden hatte. Er habe bereits Quartier im Schloss bezogen, hieß es, irgendwo in einer abgelegenen Kammer. Die Diener beschrieben ihn als unheimlichen Kerl, der sein Gesicht unter einer Kapuze versteckte. Den Frauen jage er Angst ein, wenn sie ihn über die Gänge schleichen sahen.

„Wo bleibt er denn?“, fragte Falkenberg ungeduldig und mit ihm die anderen am Tisch, den Blick zur Tür gerichtet.

Greiffenclau lächelte zur Antwort.

Schließlich hörte man ein dumpfes, gleichzeitig klirrendes Geräusch aus dem Dunkeln des Hofgartens, gefolgt von schnellen, akrobatischen Überschlägen, wie man sie nur in einem Zirkus zu sehen bekam. Mitten hinein in die überraschte Gesellschaft. Der Schreck fuhr den Gästen in die Glieder, Gläser brachen, Kerzen flackerten. Die Mutigen griffen zum Degen, die Ängstlichen fassten sich an die Brust.

Eine Verbeugung des unbekannten Etwas im Halbdunkel. Was oder wer war das?

„Bonsoir. Buena sera. Guten Abend. Hier bin ich wieder!“

Greiffenclau applaudierte. „Bravo!“ Dann, an seine Gäste: „Darf ich vorstellen?“

„Nein, dürft Ihr nicht!“, kam es unerwartet und nicht weniger frech vom Unbekannten zurück, „du Einfaltspinsel von einem Fürsten!"

Dem einen mag das Herz stehengeblieben sein bei so viel Frechheit, dem anderen schoss der Zorn ins Gesicht. Falkenberg zog den Degen. „Was erlaubst du dir, Bursche?!"

Aber was machte der Fürst? Der lachte, dass es im weiten Saal schallte.

Die Baronesse Fleury verstand als Erste. Der atemlose Schreck schwand, sie schnappte vor Erleichterung nach Luft und applaudierte. „Was für ein Auftritt!"

Falkenberg verstand nicht. „Seid Ihr von Sinnen?! Diener, packt ihn!" Doch die ignorierten auf Zeichen Greiffenclaus den Befehl.

Der Unbekannte trat ins Licht, er trug das grün-weiß gestreifte Kostüm eines Gauklers, Glöckchen an Ärmeln und Gürtel, das Gesicht hinter einer gleichzeitig lächelnden und weinenden Maske versteckt. Falkenbergs gezückter Degen schien ihn nicht zu beeindrucken. Eine übertrieben gekünstelte Verbeugung folgte, die wie die Anrede nur einem Zweck diente: Der Provokation.

„Enchanté, Monsieur. Wie ich sehe, seid Ihr ein Mann ohne Furcht und Adel."

Die Fleury lachte, die anderen stimmten mit ein, was Falkenberg noch mehr reizte. Ein Stich.

Der Unbekannte wich gekonnt aus, auch dem zweiten, dritten Angriff, und er sparte nicht mit Anfeuerung. „Nur zu, Monsieur, stecht zu. Oder soll ich mich festbinden lassen?"

Noch mehr Gelächter. Selbst die Diener und auch Lorenzo vermochten sich nicht länger zurückzuhalten.

„Genug!“, befahl Greiffenclau mit Tränen in den Augen, „Falkenberg, haltet ein. Es ist doch nur der Narr!“

Endlich ging dem Vorgeführten ein Licht auf, gleichsam die Puste aus. Er konnte diesen Teufel einfach nicht treffen.

„Wenn Ihr es befehlt …“ Die Hand mit der Klinge sank. Außer Atem und gedemütigt kehrte Falkenberg an seinen Platz zurück.

„Puh, was für ein Kampf!“, tönte der Narr und zur Stärkung leerte er kein anderes Glas als das des Fürsten, was der nicht nur erlaubte, sondern mit Beifall begrüßte.

„Bravo, Arlecchino, bravo!“

„Schweig, du aufgeblasener Pfaffe!“, kam es postwendend zurück. „Wen glaubst du vor dir zu haben?“

„Du bist der Arlecchino, ohne Zweifel“, und Greiffenclau ermutigte seine Gäste es ihm gleich zu tun.

„Ja, der Arlecchino!“ lautete die vielkehlige Antwort.

„Wer glaubt zu wissen, ist dümmer als sein Spiegelbild“, und mit zwei, drei Handgriffen schlüpfte er aus dem Kostüm, die Maske flog im weiten Bogen davon, und plötzlich stand er nur noch mit Lendenschurz bekleidet vor ihnen. Die Damen hielten den Atem an, die Männer ballten die Faust. Greiffenclau zögerte, dann lächelte er.

„Wen glaubt ihr nun vor Augen zu haben?“, grollte der Narr und plusterte sich auf wie ein Gockel.

Seine Haut war übersät mit fremdartigen Zeichen und Ornamenten, wie man sie unter weit gereisten Seeleuten fand, aber auch mit tiefen Narben gezeichnet. Diesem Kerl musste Furchtbares widerfahren sein, ein Leben voller Schmerz und Leid. Am meisten schockierte jedoch das weiß geschminkte Gesicht mit den dunkel gezeichneten Augenhöhlen und den aufgemalten Tränen. Der Mund schien wie mit einem Faden verschlossen, die eine Pupille rot, die andere grün. Das Haupt zierten pechschwarze Haare, hinten zu einen Zopf gefasst.

„Mon dieu", stotterte die Fleury, „was ist das?"

„Die erste gescheite Frage des Abends", antwortete der Narr, „wenngleich nicht die Entscheidende. Ich küsse Eure Hand, Madame", was er umgehend tat und von der Fleury ängstlich gestattet wurde.

„Nun denn, Narr", giftete Falkenberg, „womit gedenkst du uns zu erheitern?"

„Wählt mit Bedacht, was Ihr Euch wünscht, denn unter allen Dieben sind die Narren die schlimmsten. Sie rauben Euch beides, Zeit und Stimmung."

„Wohl gesprochen", applaudierte Greiffenclau. „Woher hast du die Weisheit?"

„Gestohlen. Was denn sonst?" Die Hand fasste die letzten Pralinés und sie verschwanden in seinem Mund.

„Ein gemeiner Dieb also", verhöhnte ihn Falkenberg, „ich hatte mir Vergnüglicheres gewünscht."

„Der Narr tut, was er nicht lassen kann, der Weise lässt, was er nicht tun kann. Demnach, seid Ihr weise oder ein größerer Narr als ich es bin?"

„Du langweilst mich mit deinen faden Sprüchen." Und zu Greiffenclau: „Verzeiht, Exzellenz, ich ziehe mich zurück. Mein Nachtlager vermag mir mehr Plaisir bereiten."

„Aber Graf", erwiderte Greiffenclau, „nicht so eilig. Ich finde meinen neuen Hofnarren ganz vorzüglich“, und die Gäste stimmten ihm zu.

Der Gescholtene jedoch war anderer Meinung. „Ein Narr trifft allemal noch einen größeren an, der ihn nicht genug bewundern kann. Ich will‘s aber mit dem Lehrling halten und ihm einen Wunsch erfüllen.“ Er stellte sich Falkenberg in den Weg, verbeugte sich. „Sagt an, womit kann ich Eure Aufmerksamkeit gewinnen?“

Das Angebot war verlockend, Falkenberg überlegte. „Ein Rätsel“, sagte er schließlich, „ich geb dir ein Rätsel auf. Wenn du es lösen kannst, will ich’s mir nochmal überlegen und bleibe.“

Applaus. Knifflige Rätsel waren allseits beliebt.

„Welch hinterhältige Aufgabe, die Ihr mir stellt. Fürwahr, ich lieg Euch jetzt schon zu Füßen.“

„Also?“

„Wieder geb ich zu bedenken, was Ihr Euch wünscht. Kommt das richtige Rätsel, verraten wir uns.“

Falkenberg lachte. „Nicht ich, sondern du wirst demaskiert – als ein dummer Tölpel.“

„Quack“, schnatterte der Narr, „so will ich’s wagen.“

„Dann hör gut zu“, begann Falkenberg. „An einem Tisch sitzen mehrere Personen. Ein Teil gehört zur Gruppe der Lügner, die anderen sagen stets die Wahrheit. Jeder sagt über seinen Sitznachbarn, der sei ein Lügner.

Einer sagt: Wir sind genau elf Personen. Ein anderer widerspricht: Er lügt. Wir sind zehn.

Nun, Narr, wie viele Personen sitzen am Tisch?“

Falkenberg grinste breit, wohlwissend, dass das Rätsel kaum

zu lösen war und dass er endlich diesen impertinenten Kerl in die Schranken verweisen konnte.

Die Gäste begannen nachzudenken, wie es auch der Narr tat.

„Wahrlich, das ist eine harte Nuss, die Ihr mir vorsetzt."

„Ich hatte sie schneller geknackt als das Genick eines Rehbocks", tönte Falkenberg, und er ließ keinen Zweifel daran, dass er dasselbe mit dem Narren vorhatte.

Auch Lorenzo verfiel ins Grübeln. Zehn, elf? Wer konnte das erraten, wenn man nicht wusste, wer die Wahrheit sprach und wer log? Ähnlich erging es seinem studierten Tischnachbarn Fürst Greiffenclau, der die Lösung mittels Abzählen seiner Finger suchte.

Da drang ein Schnippen an sein Ohr. Lorenzo blickte zur Tür, wo er seinen Vater sah, der verstohlen wie ein Dieb im Halblicht kauerte. Er winkte ihn zu sich.

„Ist das der neue Narr?", fragte Tiepolo, neben ihm stand Angelo, der Diener.

„Ja, Vater", antwortete Lorenzo. „Wieso kommt Ihr nicht herein? Der Fürst und seine Gäste haben schon nach Euch gefragt."

Tiepolo ging nicht darauf ein. „Wer ist er? Wo kommt er her?"

„Ich weiß es nicht, aber ich kann Euch sagen, er ist ein furchteinflößender Kerl. Schaut Euch nur seine Zeichnungen an."

Doch da war noch etwas anderes. „Er spielt mit dem Feuer."

Lorenzo pflichtete ihm bei. „Er ist das Feuer, so wie er mit den Vornehmen umspringt."

„Das meine ich nicht. Er spricht sehr weise. Bring ihn nachher zu mir."

„Aber, Vater, der Kerl ist unheimlich."

„Tu es!", und damit war die Unterredung beendet. Tiepolo verlor sich im Dunkel des Treppenhauses.

Zurück blieb Angelo, der seltsam abwesend wirkte, dabei die Finger seiner Hände beugte und wieder aufrichtete.

„Was ist mit dir?", fragte Lorenzo.

„Still, einen Moment." Es dauerte, dann hatte er es. „Zehn. Es sitzen zehn Personen am Tisch."

„Woher willst du das wissen?" Sein Blick ging zurück zum Narren und den Gästen, die das gleiche Fingerspiel spielten und, wie es aussah, zu keiner Lösung kamen. Falkenberg hingegen triumphierte.

„Nur weil ich schwarz bin und sie mich einen Affen rufen, bin ich noch lange nicht dumm", zürnte Angelo. „Man muss nur um die Ecke denken können, so als wäre der Tisch rund. Das hat der feine Graf aber nicht gesagt."

Gemeinhin schwieg Angelo, wenn er etwas nicht wusste, andererseits war ihm seine Meinung auch nicht auszutreiben, wenn er sich einer Sache sicher war. Lorenzo wusste das und nahm des Rätsels Lösung mit an den Tisch, wo Greiffenclau und die anderen sich daran die Zähne ausbissen.

Noch ein Stück mehr der Narr. Seine Augen funkelten vor Zorn, er hatte sich über- und den Grafen unterschätzt. Nun war es zu spät die Offerte zurückzunehmen, er hatte verloren. Jetzt war er wirklich ein Narr.

Ihre Blicken trafen sich, und Lorenzo glaubte darin ein Flehen zu erkennen. Sollte er oder sollte er nicht? Dieser Kerl ging ihm zuwider, sein Vater aber verlangte ihn kennenzulernen.

Dem Pflichtgefühl folgend erhob er still und heimlich zehn ausgestreckte Finger. Die Reaktion war Überraschung und Zweifel, ob er dem Jungen trauen konnte. Ein Nicken und nochmal zehn Finger. Sicher.

Der Narr erwachte zu alter Größe. „Genug geschnurrt, ihr Kätzchen", und er hampelte von Stuhl zu Stuhl. „Nun, wie viele sind es? Zehn, elf? Oder gar neun oder zwölf?" Bis er an Falkenbergs Seite kam.

„Du bist wahrlich ein Narr", verhöhnte der ihn, „und die längste Zeit gewesen."

Bevor er antwortete ein prüfender Blick zu Lorenzo: Letzte Chance. Ja oder Nein? Ein Nicken.

Dann, aus vollem Herzen und mit einem grotesken Lachen, dass es einem das Blut in den Adern gefrieren ließ: „Es sind zehn! Zehn Personen sitzen am Tisch."

Falkenberg war wie vom Donner gerührt, das weiße Puder nicht länger vonnöten. „Potzblitz! Das hat dir der Teufel eingesagt."

Nein, sagte sich Lorenzo, sein treuer Diener.

## Die Nacht ist die Königin der Schatten

Die Fenster standen offen, die Luft war schwanger vom Geruch der Farben und des übrig gebliebenen Essens. Zwei Weinflaschen lagen am Boden neben einem umgestürzten Becher. Kleidungsstücke waren verstreut, unachtsam, müde, im Zorn dahingeworfen. Mondlicht fiel ins Zimmer, es machte jedes Ding grau und zwielichtig. Der nicht zur Ruhe kommende Schatten eines Baumes an der Decke glich der Takelage eines Schiffs je länger Lorenzo ihn betrachtete, darin ein verwaister Mastkorb, von der Besatzung keine Spur. Darüber flatterte eine zerrissene Flagge mit einem Drachen im Sturm. Die See war aufgewühlt und der Kahn zum Untergang bestimmt.

Das schwere Atmen Domenicos im Bett neben ihm und seine ständigen Positionswechsel ließen Lorenzo nicht in den Schlaf fallen. Die Hände hinterm Kopf verschränkt, suchte er Ruhe und Ablenkung im Toben der Schatten. Was für ein unsinniges Unterfangen bei den Gedanken, die ihm durch den Kopf gingen.

Warm war ihm, Schweiß perlte auf Stirn und Brust. Unstillbar durstig und der Wasserkrug leer, vom Wein ließ er besser die Finger. Domenico hatte ohnehin alles ausgetrunken, sich in unbändigen Zorn auf den Vater verloren.

Seit dieser Narr mit ihnen unter einem Dach lebte, war nichts mehr wie zuvor. Ablehnung und Begeisterung lagen gleichauf. Die einen sahen in ihm einen hinterlistigen Teufel, die anderen einen göttlichen Schalk – gewitzt, schlagfertig und um keinen Streich verlegen. Lorenzo hatte sich noch nicht entschieden, anders als sein Bruder Domenico, der in ihm den leibhaftigen Satan erkannt haben wollte. Vermutlich aus Neid, denn der Narr und ihr Vater waren gute Freunde geworden. Domenico musste sich hinten anstellen, sein Rat beim Ausmalen des Freskos galt nicht mehr viel. Bisherige Übereinkünfte wurden kommentarlos geändert, Zweifelhaftes, gar gefährlich Doppeldeutiges eingebracht, und an allem sei dieser teuflische Narr Schuld. Er vergifte Vaters Herz und Gedanken, tobte Domenico. Wenn er so weiter machte, brächte er sie alle in den Kerker.

Die harschen Vorwürfe konnte Lorenzo nicht einschätzen, seine Aufgabe war das Übertragen der Vorlagen auf die Freskokartons und das Zeichnen von Figuren, die sich ihm boten. Die Motive aber, wer, was und vor allem wie etwas im Fresko dargestellt wurde, oblag allein dem Maestro, und dem Fürsten natürlich. Früher war Domenico noch zu Rate gezogen worden. Jetzt der Narr, so deutete es Domenico.

Eine gute Seite hatte die neue Freundschaft aber unbestritten: Der Maestro war nicht länger von Zweifel und Sorge getrieben, er malte jetzt wie zu seinen besten Zeiten – schnell, akkurat und wahrlich meisterhaft. Nichts war ihm mehr gut genug, und so wurde manch vollendetes Tagwerk wieder aus dem Fresko herausgebrochen und durch ein neues ersetzt. Und gar Wunderliches ließ sich da bei genauerem Hinsehen erkennen. Im Erdteil America wies die Indianerkönigin plötzlich auf eine Fahne mit einem Drachen, wo zuvor ein …, ja, was oder welches Zeichen war ursprünglich dort abgebildet gewesen? Lorenzo konnte sich bei den vielen Figuren, Änderungen und bloßen Übermalungen, die sein Vater vornahm, überhaupt nicht mehr erinnern.

Der Grund war für Domenico klar: Es war die Einflussnahme des Narren, von dem noch immer niemand wusste, wie sein Name lautete – außer Domenico. Der wollte ein Gespräch des Vaters mit dem Narren belauscht haben, und dabei sei der Name Draco gefallen, was so viel wie *Drachen* bedeutete. In den Skizzen und den geänderten Plänen, selbst im weißen Saal fänden sich nun versteckt oder auch ganz offen Drachensymbole. Drachen!

*Weißt du, was das Symbol des Drachen bedeutet?!*

Nein, das wusste Lorenzo nicht, und deshalb zeigte es ihm Domenico in der Iconologia des Cesare Ripa, der Bibel für alle Künstler dazu, wie eine Aussage in ein Symbol zu verpacken war.

*Es bedeutet VITIO, das Laster! Oder es verweist auf das Drachenungeheuer der Apokalypse. In beiden Fällen: Vater stürzt uns ins Unglück mit diesen verfluchten Drachen!*

Lorenzo hatte lange darüber nachgedacht, auch über den Namen des Fürsten, der Greiffenclau hieß.

*Ist der Greif nicht auch eine Art Drachen?*

*Ja, das ist er, aber es kommt darauf an, wie und in welchem Licht der Greif oder Drache dargestellt ist. Das ergibt die Aussage! Das ist unser Verderben!*

Danach war nicht mehr mit ihm zu reden, Domenico verlor sich in Alkohol und Verzweiflung.

*Drachen*, ging es Lorenzo ein ums andere Mal durch den Kopf. Konnte das stimmen? Die feinen Stuckarbeiten von Maestro Bossi im weißen Saal waren doch längst vor der Ankunft des Narren gefertigt worden. Eine meisterliche Arbeit, die viel Geschick und Fertigkeit erforderte, aber auch ein Licht auf den Gemütszustand des handwerklich hochgeschätzten Landsmannes warf. An einem Tag war er voller Übermut, sang lustige Lieder aus der Heimat, tanzte und flachste, am anderen jedoch sah man ihn geduckt und in seinen Mantel versteckt über die Flure streifen, als trüge er die Sündenlast der ganzen Welt auf seinen Schultern.

Oder: Als verfolge ihn ein Dämon. Ein Ungeheuer.

Lorenzo lief es kalt den Rücken hinunter. Maestro Bossi machte ihm Angst. Dieser wirre, durchdringende Blick, dann schlagartig die Fratze eines Gauklers …, nein, eines Narren! Das war es.

Nicht nur sein Vater hatte in Draco einen neuen Freund gefunden, auch Bossi. Er hatte die beiden erst kürzlich in einem vertraulichen Gespräch angetroffen, ein andermal in einem Gasthaus in der Stadt, ein drittes Mal nächtens unter dem riesigen Gerüst im Treppenhaus, wo Bossi die Figuren in den Ecken fertigen sollte.

Damals hatte er sich nichts dabei gedacht, jetzt bekam alles eine Bedeutung dank Domenico.

Die Unruhe und das Schnarchen seines Bruders hielten ihn nicht länger unter dem Mast mit der bedrohlichen Drachenflagge fest. Er musste Gewissheit haben, und sei es mitten in der Nacht. War sein Vater allein in seinem Zimmer oder war jemand bei ihm? Ein Hemd war schnell übergestreift, die verräterischen Schuhe blieben zurück. Er ging barfuß, es war nicht weit.

Behutsam öffnete er die Tür. Der weite Flur lag verlassen im einfallenden Mondlicht – eine Schattierung von Grau ins Schwarz der Dunkelheit, wo Dämonen auf die armen Seelen lauerten. Lorenzo war nicht bang, er hatte ein reines Gewissen und einen festen Charakter. Nur Sünder hatten Grund zur Furcht.

Das Zimmer seines Vaters, das ihm auch als Atelier diente, lag ein paar Schritte entfernt. Gewöhnlich war es nicht verschlossen, ausgenommen er wollte ungestört arbeiten und die Welt um sich herum ausschließen. Oder …, nein, das ging ihn nichts an.

Vorsichtig drückte er die Klinke, ein dünnes Knarren, kein Widerstand, die Tür ging auf. Finster war es hier drin, feucht und muffig, die Fenster verschlossen. Wie konnte er das nur aushalten?

Aber, gottlob, er war allein, Lorenzo hörte ihn atmen. Keine Spur von einem Drachen. Und noch bevor er erleichtert die Tür wieder schloss, drang ein zweites Atemgeräusch an sein Ohr. Schneller, rhythmischer, schlussendlich keuchend. Er musste nur ein einziges Wort aus ihrer Kehle hören, um zu wissen, was hier vor sich ging.

Cristina.

Seufzend und beschämt schloss Lorenzo die Tür. Er hatte sich geirrt. Drachen gab es in vielen Formen. Die einen brachten Verderben, andere Erleichterung vom Schmerz der Einsamkeit und der fernen Heimat. Jeder ging auf seine Art damit um. Er würde sein Bett wählen und hoffen, dass Domenico zur Ruhe gekommen war.

Kaum war er drei Schritte gegangen, wechselte ein Schatten vom Grau des Mondlichts ins rettende Schwarz, lautlos und für ein ungeübtes Auge unsichtbar. Nicht für den Zeichner Lorenzo. Er erstarrte, das Herz klopfte ihm bis zum Hals, die Kehle trocken. Er schluckte schwer, wartete. Die Zeit dehnte sich, wie auch der Flur, ins Endlose. Kaskaden fahlen Mondlichts verloren sich im Schwarz der Dunkelheit. Das hohle Gerippe eines Drachen. Absolute Stille.

Und je länger er ausharrte, desto größer wurde das Nichts und die Gewissheit, dass er sich getäuscht hatte. Der Druck ließ nach, er konnte beruhigt weitergehen. Doch kaum hatte er den Schritt gesetzt, huschte der Schatten von einem Schwarz zum nächsten, lediglich durch das Mondlicht dazwischen offenbar gemacht.

„Wer bist du?!", grollte er ihm nach.

Eine Antwort blieb aus.

„Zeig dich. Ich weiß, dass du da bist."

Wieder keine Antwort, und damit wuchs sein Zorn auf seine Angst und den hinterhältigen Strolch, der da Spielchen mit ihm trieb.

„Gib dich zu erkennen oder ich komm dich holen."

Mutige Worte, voreilig gesprochen. Jetzt gab es kein Zurück mehr. Er wartete noch einen Moment, dann ging er los, geradewegs in den schwarzen, endlos erscheinenden Schlund hinein. Ein Ziel zu erfassen und darauf loszustürmen war aussichtslos, ein Blinder hätte genauso ergebnislos den Beichtstuhl in der Kirche von Santa Maria del Rosario suchen können, wenn er sich nicht auf sein Gehör verließ. Der Schatten mochte nahezu unsichtbar und unhörbar sein, nicht aber der Boden, auf dem er sich bewegte. Hier knirschte der Sand von den Bauarbeiten, dort rollte ein Steinchen, das Flattern eines losen Kleidungsstücks kam hinzu.

Lorenzos Wagemut war entfacht. Das war kein Dämon oder Teufel, der in der Finsternis Stellung bezog, das war jemand aus Fleisch und Blut, auf der Flucht vor ihm. Die Angst hatte die Seiten gewechselt.

„Du wirst mir nicht entkommen!"

Die Jagd ging in den nächsten dunklen Gang hinein, die Schritte hallten, der Feigling verlor offensichtlich die Nerven. Die Entfernung schmolz, Lorenzo glaubte ihn keine Armlänge mehr entfernt. Mit aller Kraft warf er sich ihm hinterher, fasste zu und riss ihn zu Boden. Die beiden Körper schlitterten ein gutes Stück voran, direkt in die nächste Lichtkaskade hinein. Die Faust erhoben, hielt er im letzten Augenblick inne.

„Du bist … ein Mädchen?“

Langes, gewelltes Haar hatte sich aus dem eng sitzenden Kopftuch gelöst und fiel auf ihre nackten Schultern. Das Hemd war gerissen, der Oberkörper entblößt. Und selbst das Zwielicht konnte nicht verbergen, dass dieser zarte Körper einer jetzt erkennbar jungen Frau gehörte, von Narben gezeichnet war.

„Lass los!“, fauchte sie ihn an.

Verblüfft gab er nach. „Verzeih, ich wusste nicht …“

Sie zupfte die Fetzen zusammen und schimpfte, bis sie erkannte, dass er halbnackt war. „Santa Maria Vergine! Bist du ein …?“

Das richtige Wort wollte sich nicht einstellen, was zweifellos kein Schmeichelhaftes war. Aber das war ohne Bedeutung, denn in diesem Moment ging Lorenzo auf, mit wem er es zu tun hatte.

„Du bist …“

„Nein!“

„Natürlich. Du bist eine von uns!“

„Cosa?“

„Wo kommst du her?“

„Aus Nirgendwo.“

„Lüg nicht!“ Und je länger er sie betrachtete, desto fester wurde seine Vermutung. Solche Gesichtszüge kannte er aus seiner Heimat nur zu gut. Das Kinn, der Mund, die Nase und Wangenknochen, Augen und Brauen, ach, diese ganze Mimik und Art zu sprechen hatte er hundertmal bis ins Detail studiert und gezeichnet. Nirgends sonst fand man solche Gesichter als in den Häfen Italiens.

„Und wer bist du?“, blaffte sie ihn an.

Er erhob sich, streifte das Hemd über die nackten Oberschenkel und übte sich in einer Verbeugung.

„Lorenzo Tiepolo ist mein Name. Sohn des weltgrößten Malers und Künstlers unter Gottes Himmel, des Maestros Giovanni Battista Tiepolo aus Venedig. Ich bin sicher, du hast schon von mir gehört.“

„Nein, habe ich nicht.“

„Unmöglich. Der Ruhm der Tiepolos reicht von einem Ende der Welt zum anderen.“

„Dann ist euer Ruhm entweder nicht so groß, wie du behauptest, oder du bist ein Maulheld. So oder so will ich nichts mit dir zu tun haben.“ Sie stand auf. „Außerdem solltest du dich nicht nachts auf den Gängen herumtreiben.“

„Warum?“

„Weil nicht jeder so gnädig mit dir sein wird wie ich.“

Er lachte. „Ich hab dich gefangen, nicht du mich.“

„Du hattest Glück. Nisha ist die Königin der Schatten.“

Bevor er darauf antworten konnte, drangen Schritte den langen Gang herauf. Sie zog ihn in eine finstere Ecke.

„Still“, flüsterte sie.

Lorenzo ließ es geschehen. Schulter an Schulter verharrten sie dort, bis die Gestalt in die Lichtkaskade vor ihnen trat. Es war Draco, der Narr, und Lorenzo glaubte, das Herz würde ihm stehenbleiben. Was trieb der Unheimliche sich in tiefster Nacht auf den Gängen herum?

Kaum war er an ihnen vorüber, wich die Anspannung, Lorenzo atmete aus, nur um im nächsten Moment erneut die Luft anzuhalten. Eine zweite Gestalt kam der ersten hinterher, und auch sie war alles andere als harmlos: Der Hoffourier Spielberger, der sich um die Gäste und deren Quartiere am Hof kümmerte. Ein unangenehm neugieriger und misstrauischer Kerl. Besser, man ging ihm aus dem Weg.

Spielberger bog um die Ecke, Lorenzo seufzte. „Himmel, was ist hier nur los?"

Eine Antwort blieb aus. Nisha war nicht mehr an seiner Seite.

## Drachen

Lorenzo musste genau hinsehen, um sie zu erkennen, die Perspektive wechseln, günstiges Licht und Schattenwurf suchen.

Unbestreitbar, es waren kleine Drachen in der verspielten Ornamentik von Bossis Stuckarbeit im weißen Saal versteckt. Sie hatten überhaupt nichts mit dem Fürstenwappen zu tun, denn darin war kein Drache oder Greif zu finden. Nur in den Ausschmückungen, die die zahlreichen Abbildungen des Wappens im Schloss und in der Stadt umgaben.

Und auch in der roten Standarte, die die Indianerkönigin im Fresko zeigte, war ein Drache abgebildet, der zuvor nicht dort gewesen war. Allerdings machten die Drachen auf Lorenzo keinen auffälligen Eindruck, der Kontext, in dem sie standen war alles andere als besorgniserregend. Domenico hatte übertrieben, es war dem Neid auf den Narren geschuldet. Das würde sich legen, je weiter die Arbeiten voranschritten und Domenico wieder zum wichtigsten Berater und Helfer des Vaters wurde. Auf niemand anderen konnte sich der Maestro mehr verlassen.

Der Narr hatte andere Dinge zu tun. Von morgens bis in die Nacht wurde nach ihm verlangt, um die zahlreichen und oft wechselnden Gäste des Fürsten zu unterhalten. Seine akrobatischen Kunststücke waren kühn, seine Klugheit bestechend und sein Witz begeisternd bis vernichtend, je nachdem, mit wem er es zu tun bekam. Der Fürst hielt seine schützende Hand über ihn, auch wenn er selbst Ziel des Spotts wurde.

Nachdem das Fresko mit der America-Allegorie fertiggestellt worden war, war dieses kolossale Spinnengeflecht von einem Gerüst ein Stück weiter verlegt worden. Die beiden Seitenpartien der gewölbten Decke standen zur Ausmalung an, darauf sollten ebenfalls Allegorien der beiden Kontinente Afrika und Asien entstehen. Alle drei dienten nur einem Zweck: Dem Hausherrn zu huldigen, der schlussendlich im letzten der vier Erdteile, Europa, als kunstsinniger Regent über allen und allem stehen würde.

Lorenzo saß am Umlauf im Obergeschoss. Zu seinen Füßen hämmerten und sägten Zimmerleute, Maurer mischten Mörtel an und die Malergehilfen den Kalkputz. Hoch oben auf dem Gerüst waren die Maler und Farbmischer unter Anleitung des Maestros zugange. Dazwischen stellten Seilwinden und Leitern den Nachschub von Material sicher, ein bewährter, gut funktionierender Organismus, der schnelle Ergebnisse lieferte.

In seiner Mittagspause übte sich Lorenzo in Charakterstudien von den Arbeitern, seine Mappe wuchs, Vater würde mit ihm zufrieden sein. Hier ein buckliger alter Mann, dort ein flinker Knabe auf der Leiter, eine Magd mit aufgewickelten Rockschößen, ein ausgezehrter Oberkörper, eine knochige Hand oder der Faltenwurf eines Mantels. Jedes Detail war wichtig und würde Eingang ins Fresko finden.

Nicht alles gelang auf Anhieb, an Maestro Bossi biss sich der talentierte Zeichner die Zähne aus. Wie war der Kerl zu fassen, wenn sein Wesen wechselte wie die Wolken das Licht? Einmal verschreckt, ängstlich und in sich zurückgezogen, ein andermal beschwingt und ausgelassen. Er hatte Dutzende Nuancen und doch keine Mitte. Gerade gab er den Gondoliere hoch oben auf dem Gerüst, das Ruder gegen einen langen Holzspachtel eingetauscht, und sang eines dieser alten venezianischen Lieder. Vermutlich wollte er Vater damit beeindrucken, der jedoch hatte weder Ohr noch Gemüt dafür, er war mit dem Kopf der schwarzen Afrika beschäftigt.

Einfacher war die Sache mit Maestro Neumann, dem Baumeister des Schlosses. Der zeigte seit Monaten nur noch ein Gesicht: das eines kranken, vorzeitig gealterten Mannes, dem Schmerz erlegen, die fahle, knochige Hand wollte gar nicht mehr von seinem Bauch weichen. Es sah nicht gut aus mit ihm. Der Arzt war am Ende seines Lateins, so wollten es die Hofdiener wissen, und Lorenzo hatte in den vergangenen Monaten gelernt, die Gerüchte ernst zu nehmen. Hunderte Augen und Ohren waren in den weitverzweigten Geheimgängen unterwegs, um die feine Hofgesellschaft bei Spiel und Unterhaltung nicht mit ihrer

Arbeit zu stören. Sie schnappten Neuigkeiten auf, Lügen und Intrigen, lange bevor sie dem Hausherrn zur Kenntnis kamen.

Einzig der Quartiermeister Spielberger schob allzu eifriger Neugier und dem Tratsch einen Riegel vor. Bestimmte Gänge waren nur nach seiner Erlaubnis zu öffnen und zu nutzen, manche nur mit seiner Teilnahme. Was er anderen absprach, nahm er indes für sich in Anspruch. Insgeheim führe er Buch über die Vorgänge am Hof, hieß es, und die Notizen bewahre er in einer abgeschlossenen Truhe auf. Dieses Wissen machte ihn mit dem Leibdiener des Fürsten zur wichtigsten Person am Hof, die beiden wussten mehr, als ihrem Schicksal zuträglich war. Schweigen und keinen Verdacht zu erwecken waren die Gebote für ein langes Leben.

Lorenzo hätte ein Auge dafür gegeben, um in Spielbergers Aufzeichnungen schnüffeln zu dürfen. Was stand über die Tiepolos darin? Was über den Fürsten und dessen vertrauliche Worte zu seinen Beratern und dem Leibdiener? Was sagte und dachte man wirklich über einen hohen Gast, ohne es je aussprechen zu dürfen? Und vor allem: Was hatte Spielberger über Draco herausgefunden? Er war ihm auf den Fersen, daran bestand kein Zweifel mehr.

Aus der Mappe zog er eine Zeichnung, die er noch in jener Nacht von Nisha angefertigt hatte. Sie zeigte ihr Gesicht im Widerstreit des Mondlichts mit dem Mysterium der Dunkelheit und ihrem Wesen. Wer war sie? Was suchte sie des Nachts auf den einsamen Fluren des Schlosses, und vor allem: Wo war sie geblieben?

Ein ums andere Mal hatte er sich in den vergangenen Tagen

auf die Lauer gelegt, doch von der geheimnisvollen Fremden fehlte jede Spur. Nicht so von den Gästen des Fürsten. Ein munteres und nicht weniger frivoles Treiben spielte sich da im vermeintlichen Schutz der Dunkelheit ab. Wer geduldig im Schatten ausharrte, lernte schnell, wer mit wem die Freuden der Zweisamkeit teilte, und, wer die Neugier dem Schlaf vorzog. An erster Stelle natürlich Spielberger, zu seinem Erstaunen aber auch Angelo.

Was hatte dieser hinterhältige Diener auf den nächtlichen Gängen verloren?

„Eine schöne Frau. Wer ist sie?"

Lorenzo fuhr herum, und als er erkannte, wer sich da angeschlichen hatte, ließ er die Zeichnung von Nisha verschwinden. Es war Draco im bunten Kostüm eines Papageis.

„Ich weiß nicht", antwortete er mit Unbehagen, „eine Fremde." Er packte seine Sachen zusammen, mit dem Kerl wollte er nichts zu tun haben.

„Flüchtest du dich vor mir?", fragte Draco.

„Ich muss zurück an die Arbeit", log Lorenzo.

„Ich hatte noch keine Gelegenheit dir zu danken."

Er gab sich freundlich, was Lorenzo noch mehr verunsicherte. „Wofür?"

„Für die Lösung des Rätsels. Erinnerst du dich?"

Wie hätte er es vergessen können? Es war die einzige Schwäche, die diese finstere Gestalt bisher offenbarte hatte.

„Dank Angelo, meinem Diener. Er hat das Rätsel gelöst. Ich war nur der Überbringer."

„Das hättest du nicht tun müssen, und doch hast du es getan. Warum?"

Die grellen Farben des Federkleids und der goldene Schnabel, den er auf die Papageienkrone geschoben hatte, mochten seine Unheimlichkeit kaum mindern. Auch die lustig rot bemalten Wangen nicht, die klirrenden Glöckchen an den Füßen und das ganze andere Zeugs, das seine wahre Natur verbarg.

Lorenzo blieb misstrauisch und lapidar. „Ich mochte den Grafen nicht."

„Charakter und Mut, zwei Eigenschaften, die ich schätze." Er fasste Lorenzo an der Schulter. „Du hast etwas gut bei mir."

Derlei unerwünschte Vertrautheit war dem jungen Tiepolo zu viel. Er wand sich aus der aufdringlichen Nähe und wies das Geschenk zurück. „Schon gut. Hätte jeder andere auch gemacht."

Die Antwort klang bedrohlich. „Sicher nicht."

Da war sie wieder, die Kälte und Unerbittlichkeit, für die Lorenzo ihn fürchtete. „Ich muss gehen."

„Hab keine Angst vor mir. Ich meine es gut mit dir."

Ein zaghaftes, unsicheres Lächeln, bei dem Lorenzo das Blut gefror. Was wollte der Kerl nur von ihm?

Ein Ruf schallte durchs Treppenhaus. „Gebt seiner Gnaden Nachricht. Der Comte de Valois und seine Gattin sind eingetroffen."

So unerwartet wie das Lächeln gekommen war, so schnell verlor es sich in die bekannte, finstere Miene. Draco eilte zu den Fenstern, der neugierige Lorenzo folgte ihm.

Der Comte de Valois. War das nicht …?

Er war es, aufgedonnert wie ein Pfau, und mit einem Mal kehrte die Erinnerung an jene grausame Karnevalsnacht zurück. Die nicht enden wollenden Schläge, Tritte und Peitschenhiebe, die Schreie der Kinder und die flehenden Bitten von Mutter und Vater. Der Comte und sein Schlittenführer kannten damals kein Erbarmen mit ihnen, sie hörten erst auf, als Angelo dazwischen gegangen war. Viel Blut war bis dahin geflossen, es hatte zwei Leben gekostet, wie er später erfuhr. Lorenzo schüttelte es vor Abscheu, nicht minder vor Zorn auf die bis heute ungesühnte Tat. Der Comte sei mit einem Messer angegriffen worden, hatte das Urteil des Fürsten gelautet, er hätte das Recht gehabt sich zu verteidigen.

Die Comtesse stieg an der Hand des Dieners aus der Kutsche, und wenn Lorenzo sich nicht täuschte, dann war es eben jener Unhold, der damals den Schlitten seines Herrn gelenkt und die Hand gegen die Unseligen erhoben hatte.

Draco setzte den Schnabel auf den Mund. „An die Arbeit", es klang heiter und ausgelassen, fast schon, als sei der gute Geist Bossis in ihn gefahren. Er nahm Anlauf, ein beherzter Sprung in die Weite des Treppenhauses, wo er das Seil eines Lastenaufzugs ergriff und sich gekonnt zu Boden ließ. Auf das atemlose Staunen folgte Applaus der Arbeiter, und wenn Lorenzo es sich eingestand, zurecht. Dieser Tausendsassa mit den zwei Gesichtern war bewundernswert, gleichsam furchteinflößend. Ein Mysterium.

„Willkommen, Bruder Pfau", hörte er ihn papageiengleich schnattern, „wollen wir Freunde sein?"

Der Comte hatte zu seiner Begrüßung jemand anderen erwartet. „Aus dem Weg, du Narr!"

Das herzhafte Lachen der Comtesse schickte Lorenzo einen Schauer über den Rücken. Ein Unglück kam selten allein.

## Wenn die Götter vom Parnass herabsteigen und die Liebe ewig trügt

„Wann kommt er endlich?“, fragte Lorenzo seinen Bruder. Die Kehle war ausgetrocknet, Schweiß perlte auf der Stirn. Die festliche Kleidung war viel zu warm für den sommerlichen Tag.

„Gedulde dich“, antwortete Domenico, nicht weniger vom langen Stehen und Warten erschöpft.

„Ich brauche einen Schluck Wasser, sonst falle ich um.“

„Du bleibst hier!“

„Aber, er ist doch noch nicht da.“

„Die Götter sind immer da, auch wenn du sie nicht siehst.“

Der Anlass für das Fest, das auf drei Tage angelegt war, erschloss sich nicht jedem. Hatte der Fürst Geburtstag oder Namenstag? Nein, dann wäre mit einer Feierdauer von einer Woche zu rechnen gewesen. Gab es ein wichtiges Ereignis in der Landes- oder Reichspolitik oder sollte ein Gast besonders gewürdigt werden? Unbekannt.

Was auch immer der Grund war, er schien keine besondere Bedeutung zu haben, außer der Abwechslung vom Trott der täglichen Unterhaltung.

Im Hofgarten war eine Bühne errichtet worden. Die Oper L’Orfeo stand zum Auftakt auf dem Programm, tags darauf eine Ballettkomödie und zum krönenden Abschluss ein Schaukampf, wie die glorreichen, kaiserlichen Truppen einst die ketzerischen Schweden aus Stadt und Land geworfen hatten. Alles in allem ein kolossaler Aufwand an Personal, Material und künstlerischer Darbietung. Vierhundert Bedienstete waren gefordert, die rund zwanzig Gäste aufs Vortrefflichste zu bewirten und dem Hausherrn keine Schande zu bereiten.

Lorenzo erwartete den Einzug des Fürsten unweit des neuen Tores, das der Kunstschmied Oegg gefertigt hatte – eine ebenso dubiose Gestalt wie der Maestro Bossi, unstet, streitlustig und von einem maßlosen Eigenbild getrieben. Neben ihm befanden sich Domenico und andere Künstler und Handwerker in der zweiten Reihe. Die erste Garde hatte sich dagegen im Gefolge des Fürsten einzufinden, ein jeder nach Bedeutung und Rang in festgelegter Reihenfolge.

Als Zeremonienmeister fungierte der Hofmarschall, er hatte im feierlichen Frack am Tor Position bezogen. Hinter ihm seine Helfer, nach Rang aufgestellt, schlussendlich Diener und Edelknaben, die Erfrischungen reichten und Anweisungen ausführten.

Andererseits war der Garten recht schmucklos und wenig repräsentativ, wie Lorenzo befand. Umringt von den imposanten Befestigungsmauern standen Bäume neben Zierbeeten, keine Kunst, lediglich bescheidenes Gärtnerlatein. Einzig die aufwändige Dekoration für die Bühne vermochte das Auge zu fangen und so manches Getier aus der nahen Menagerie. Pfaue schlugen Rad, ein Straußenpaar stolzierte, Papageien palaverten und in einem kleinen Teich dezimierten Reiher Zierfische. Dazwischen streunten Windhunde umher, die exotischen Katzen verzogen sich widerwillig in die Baumkronen. Hinter Gittern fauchten Panther und Leopard, sie spürten das nahende Ereignis, ein weißer Bär lag faul in der Ecke.

„Mesdames et messieurs! Attention, s'il vous plaît!“

Die Stimme des Hofmarschalls trug weit und befahl den Musikern, die sich vor der Bühne eingefunden hatten, ihr Instrument bereitzuhalten.

„Endlich“, stöhnte Lorenzo.

„Seine hochfürstlichen Gnaden, Carl Philipp von Greiffenclau …“, und was auch immer der Hofmarschall noch über ihn hinausposaunte, Lorenzo hatte es schon tausendmal gehört. Kein Fest und kein Empfang kam ohne die Ankündigung der vielen Titel und vorzüglichen Eigenschaften des Fürstbischofs aus. Einzig interessant war, wer als zweiter, dritter und so fort genannt wurde. Die Reihenfolge war ein präzises Thermoskop der aktuellen Befindlichkeit und Wertschätzung am Hof.

Edelknaben streuten Blumen, Musiker spielten eine Art *Gloria in excelcis deo* und die versammelte Hofsängerschaft stimmte mit ein. Schließlich zischten Feuerwerkskörper in die Lüfte. Zu Donnerhall und glitzerndem Sternenstaub kam seine Fürstlichen Gnaden durchs schmiedeeiserne Tor. Diener- und Beamtenschaft, Künstler und Handwerker, sie alle hatten sich demütigst zu verneigen.

Man mochte Greiffenclau übers Jahr hin eine bescheidene Mode attestieren, bei Festen jedoch kam niemand an seine Pracht heran.

Er war ein Epiphanias, die Erscheinung eines himmlischen Wesens in der schnöden Welt der Menschen. Im glitzernden Gewand des Sonnengottes Apoll, auf dem Haupt der goldene Lorbeerkranz und in der Hand nicht Pfeil und Bogen, sondern die Lyra, trat der Fürst mit einem Streitwagen auf, der von drei Schimmeln gezogen wurde. Um ihn herum die Töchter des Zeus, die Horen in dünnen Gewändern, so dass manches Männerauge mehr von ihnen als von der göttlichen Erscheinung eingefangen wurde.

Wer würde als nächstes durchs Tor schreiten? Wer stand in Rang und Position gleich hinter dem Bischof, wer in erster Gunst? Graf oder Gräfin, ein Gesandter oder ein hoher Hofbeamter?

Die Antwort war ebenso überraschend wie gefährlich: Im verschlissenen Göttergewand, mit wirrem Haar und schiefem Lorbeerblatt auf dem Haupt hatte sich der Narr Draco in die feierliche Prozession geschlichen. Torkelnd klagte er *Sic transit gloria coeli* (So vergeht der Ruhm des Himmels) – die blasphemische Verfälschung des Ausrufs bei der Inthronisierung eines neuen Papstes.

Mit so viel Dreistigkeit hatte niemand gerechnet. Auf ein Zeichen des Hofmarschalls zerrten ihn zwei Diener fort, und wenn Lorenzo es richtig beobachtete, flogen auch Fäuste und Beschimpfungen.

„Hüte dich, Narr, vor zu viel Narretei. Du rüttelst an der göttlichen Ordnung!"

Der Zwischenfall gewann nur kurz die Aufmerksamkeit der Zuschauer, die feine Hofgesellschaft schloss zum Fürsten auf. Mit vorne dabei: Der Comte de Valois nebst Gattin, dem Anlass entsprechend in den Kostümen von Orfeo und Euridice. Dahinter kamen weitere Grafen, Freiherren, Baronessen und Gesandte, bis endlich die ersten Künstler des Hofes an der Reihe waren – Balthasar Neumann, Giambattista Tiepolo, Antonio Bossi und so fort.

Lorenzo winkte seinem Vater zu, doch der war in sich versunken, als wäre ihm der Hokuspokus peinlich.

„Was ist mit ihm?"

„Was soll schon sein?", erwiderte Domenico, „er weiß die Ehre nicht zu schätzen."

Eine Ehre war es zweifellos, andererseits wusste Lorenzo um die Abneigung des Vaters, sich unter die Hofgesellschaft zu mischen. Er blieb nach wie vor dem Mittags- und Abendtisch fern, bevorzugte die Einsamkeit seines Ateliers und sorgte damit für Gerede. Und das hatte sich in den vergangenen Tagen verschärft. Was waren das nur für seltsame Gestalten im Fresko? Außerdem die Bevorzugung Merkurs statt des Sonnengottes Apoll im Götterhimmel. Was wollte Tiepolo damit zum Ausdruck bringen, hieß es der Fürst überhaupt gut?

Bisher tat er es, wenngleich ihn Lorenzo schon rätselnd unter dem Fresko hatte stehen sehen.

„Komm, gehen wir", beschied Domenico.

Die Prozession der Götter war zu Ende gegangen, die Herrschaften hatten Platz genommen, die Ouvertüre erklang mit Pauken und Trompeten. Handwerker und Künstler gingen an die Arbeit zurück, das Fest war ausschließlich der Hofgesellschaft vorbehalten.

„Geh schon vor", erwiderte Lorenzo, „ich komme gleich nach."

Das Kopieren von Vaters Zeichnungen und Vorlagen konnte warten, viel mehr interessierte ihn, was aus dem Narren geworden war. Unter der feinen Zuhörerschaft war er nicht zu sehen, auch nicht im Zelt daneben, wo Wein, Speisen und Süßigkeiten dargeboten wurden. Hatte Draco den Bogen überspannt? Hatte der Hofmarschall ihn in den Kerker werfen oder gleich aus der Stadt prügeln lassen?

Er wollte es herausfinden und mischte sich unter die Gäste.

Die Ouvertüre ging zu Ende, der erste Akt begann und kaum hatte die Sängerin den ersten Satz gesungen, ging es in den hinteren Reihen auch schon los.

„Welch schamloses und impertinentes Intermezzo des Narren."

„Dafür wird er hängen."

„Das Feuer reinigt alle Sünden."

„Ich fand ihn ausgesprochen amüsant."

Lorenzo gab nichts weiter darauf, Draco erwirkte immer zwei Reaktionen: Begeisterung oder Abscheu.

„Dieser aufgeblasene Popanz von einem Comte. Glaubt, er sei ein Orfeo in seinem lächerlichen Kostüm."

„Die Euridice an seiner Seite wird er sicherlich nicht retten."

„Ich hörte, die Baronesse Fleury sei seine neue Favoritin."

Das war schon interessanter. Lorenzo spitzte die Ohren.

„Ihr irrt. Die Fleury empfängt den Junker von Dalbrock."

„Und wen sucht der Comte dann auf?"

„Signora di Sasso."

„Die ist doch weit unter seinem Stand."

„Er will es seiner Gattin heimzahlen."

„Was genau?"

„Ihre Affäre mit dem Chevalier d'Enbarre. Der ganze Hof hat sich amüsiert und den Comte der Lächerlichkeit preisgegeben."

„Ein Bock mit aufgesetzten Hörnern. Köstlich."

Lorenzo ging weiter, immer nah an den verräterischen Zungen.

„Ich weiß wirklich nicht, wen oder was diese lächerlichen Figuren darstellen sollen."

„Herrscher, meine Liebste, und ihre Reiche."

„Barbusige Wilde auf dem Rücken von Echsen und Kamelen?"

„Allegorien, Madame. Bildhafte Darstellungen einer Idee, so wie das Stundenglas ein Bild für die Vergänglichkeit ist."

„Was soll es dann bedeuten, wenn ein liederliches Weibsbild einem Greis zwischen die Beine geht?"

„Ah oui, Madame, das Bild im großen Saal. Das mag wohl heißen, dass die Begierde kein Alter kennt."

„Und keinen Anstand. C'est dégoûtant." *Ekelhaft.*

Banausen, schoss es Lorenzo durch den Kopf. Aber auch, dass Domenicos Warnung vor den Drachen nicht völlig aus der Luft gegriffen war. Die Leute machten sich ihren eigenen Reim auf das, was sie im Fresko sahen, und kümmerten sich nicht darum, was der Künstler zum Ausdruck brachte – die Fruchtbarkeit des Wassers, dargestellt am grauhaarigen Gevatter Main, der seit Jahrhunderten den Wohlstand im Maintal sicherte.

„Was erlaubst du dir?!"

Der Protest kam aus den vorderen Reihen. Die Comtesse de Valois setzte sich der Aufdringlichkeit eines Mannes zur Wehr, der augenscheinlich betrunken war. Im ersten Moment glaubte Lorenzo in ihm den Comte zu erkennen, denn er trug das Kostüm des Orfeo. Beim zweiten Blick jedoch war es niemand anderer als Draco.

„Euridice, Euridice. Dein süßer Name tönt allerorten“, sang er zum schiefen Spiel auf der Lyra.

„Weg mit dir!“

Draco dachte nicht daran. „Nach dem Leid wird man glücklicher und nach den Schmerzen fröhlicher.“ Er küsste ihre nackte Schulter.

Die Comtesse wich zurück. „Exzellenz! Befreit mich von dem Kerl.“

Sonnengott Apoll, Fürst Greiffenclau, lachte, hatte aber schließlich ein Einsehen. „Lass es genug sein. Wir wollen uns an echtem Gesang erfreuen.“

„Ich bin Orfeo! Hast du keine Ohren am Kopf?“

„Hinfort!“

Das war unmissverständlich scharf und sollte Dracos Belästigung beenden. Irrtum. Der aber legte noch eins drauf.

„Der Narren Narr will ich nicht länger sein. Ich bin Orfeo und du ein lächerlicher Tölpel.“

Ein Raunen ging durch die Reihen, teils in freudiger Erwartung.

„Ein Skandal. Wie wunderbar.“

„Wird er ihn endlich hängen?“

„Ich setze zehn Gulden auf Apoll.“

„Die Wette gilt. Orfeo wird triumphieren.“

Aber es war der Comte, der sich unerwartet erhob – nicht für seine Euridice, sondern für Apoll. „Narr, du hast dein Todesurteil erwirkt.“

Mit einem Dolch setzte er den Stoß, doch Draco parierte im Stil des unsterblichen Sängers – mit der Lyra und beißendem Spott.

„Eure Magnifizenz sind wohl aus der Übung."

Ein zweiter Versuch des Comtes und wieder verfehlte er das Ziel.

„Geben Eure weichen Schenkel etwa nicht mehr her?", und jeder wusste, was damit gemeint war, der die Gerüchte um die Liebschaften des Comtes kannte. „So will ich mich Eurer Euridice annehmen, Ihr der Knaben." Eine Verbeugung mit frivolem Zungenschlag.

„Das reicht!" Greiffenclau befahl seine Diener herbei. „Ergreift ihn!"

Draco nahm die Beine in die Hand, lachte. „Hinauf zum Himmel will ich fahren, heut Nacht. Wer will es mit mir wagen?"

Quer durch den Hofgarten, vorbei an Mensch und Tier, schlug er Haken wie ein Hase, während die Diener versuchten ihn einzufangen. Sein höhnisches Lachen war schrill, die Beleidigungen gegen den Comte nahmen kein Ende.

„Exzellenz!", grollte der Comte. „Ich verlange Satisfaktion."

Greiffenclau seufzte. „Ihr wollt Euch mit einem Narren duellieren? Dann seid Ihr ein noch größerer Narr als er."

„Nehmt Ihr ihn etwa in Schutz?"

„Er wird seine verdiente Strafe erhalten."

Damit war der Vorfall beendet. Greiffenclau gab Anweisung, das Spiel auf der Bühne fortzuführen.

Nicht für die Comtesse. Sie zischte ihren Gatten an: „Wenn Ihr nicht Manns genug seid meine Ehre zu beschützen, will ich nicht länger Euer Weib sein."

In diesem Moment wurde Lorenzo klar, dass Blut fließen würde. Fraglich war nur der Zeitpunkt.

## List tut mehr denn Stärke

Obwohl er den Verfolgern in Ausdauer und Schnelligkeit überlegen war, hatte sich Draco einfangen lassen.

War er seinen Bosheiten überdrüssig geworden? Fühlte er Reue, Angst, Verzweiflung?

Unwahrscheinlich. Wer mit so viel Verwegenheit sein Leben aufs Spiel setzte, wählte nicht die Kapitulation, auch kannte er kein Einsehen. Er würde bis zum Ende der Welt rennen, weiterhin spotten, verhöhnen und beleidigen, so lange, bis ein Strick oder Schwert des Narren letzter Lohn war. Das war seine Natur, vielleicht sogar seine Bestimmung.

Außer, Draco war lebensmüde oder hatte anderes im Sinn. Zum Teufel, was konnte das sein?

Wieder lag Lorenzo wach und starrte an die Decke. Dieses Mal ohne Geisterschatten und dem Schnarchen Domenicos. Er war in dem großen, dunklen Raum alleine, das Essen unberührt, die Luft frisch und vom Gewitter gereinigt. Still war es, kein Laut störte die Gedanken. Ungewöhnlich und auch ein Stück unheimlich kam es ihm vor, denn das Schloss war voller Gäste und Dienerschaft. Wieso regte sich nichts?

Oder war Nisha der Grund für seine Unruhe? Seit jener Nacht ging sie ihm nicht mehr aus dem Kopf. Dieser kurze Moment der Zweisamkeit mit einer mysteriösen Fremden, als sie Schulter an Schulter im Schatten ausharrten, hatte Eindruck auf ihn gemacht. Nein, das war das falsche Wort, ihre Nähe hatte ihn berührt wie ein fernes Paradies, von dem man träumte, wenn die Sehnsucht und Einsamkeit groß waren.

Himmel nein, schimpfte er sich, fing er jetzt schon an wie sein Vater?

Seufzend setzte er sich auf die Bettkante, vergrub die Hände im Haar. Ein leichtes Frösteln fuhr ihm über die Haut. Kein Mond, kein Schatten, kein schnarchender Bruder und vor allem keine Ruhe. Tausend Fragen schwirrten ihm durch den Kopf.

Was hatte Draco gesagt? *Wer mich fangen will, muss mir zum Himmel folgen?* Was sollte das bedeuten?

Draco saß nun in einem feuchten Kerker der tiefen, weiten Keller dieses Schlosses, weit weg von allem, was man mit einem Himmel in Verbindung bringen konnte. Warum hatte er das gesagt, wenn er sich wenig später doch fangen ließ? Ohne Not? Ohne Zwang?

Der einzige Himmel in der Nähe war der von seinem Vater gemalte Götterhimmel im Treppenhaus, und zu dessen Füßen lag eine Baustelle aus Sand, Kalk, Gips, Holzlatten, Eimern, Schaufeln und tausend anderen Dingen mehr. Oder hatte Draco das Gerüst gemeint?

Lorenzo zwang sich auf die Füße, unschlüssig, ob er nachsehen oder bleiben sollte. Es war niemand hier, der es ihm hätte ausreden oder verbieten können. Schlimmstenfalls holte er sich kalte Füße, allemal besser, als vor Neugier nicht zur Ruhe zu kommen. In Hose und Schuhe geschlüpft, setzte er sich in Bewegung. Eine Kerze, ein Span. Man konnte nie wissen.

Der lange Gang war wie erwartet finster, nicht der Funke eines Lichts. Aber er hatte seine Erinnerung an den Weg, den er in den letzten Monaten hunderte Male gegangen war. Immer der Wand entlang, sie verhieß Führung und Schutz, falls er ihn benötigte.

Die erste Tür, die zweite. Gegenüber das Atelier des Vaters. Sollte er nachsehen? Besser nicht.

Doch kaum war er auf der Höhe der Tür angekommen, fiel schwacher Lichtschein durchs Schlüsselloch heraus. Das konnte nur bedeuten …

„Das ist nicht recht!“

Dumpf klang die Stimme und zornig. Er huschte hinüber, schaute durch die schmale Öffnung hinein.

„Es ist nicht unsere Angelegenheit“, hielt Domenico seinem Vater entgegen. „Er hat seinen gerechten Lohn erhalten.“

„Nicht der Narr, sondern die Herren haben die Peitsche verdient.“

„Seid Ihr von allen guten Geistern verlassen? Die Herren befehlen, die Diener haben zu gehorchen. Das ist das Gesetz des Himmels.“

„Als würde ich das nicht wissen. Ich habe ihn tausendmal gemalt.“

„Dann bleibt dabei und alles ist in wunderbarer Ordnung.“

„Das ist es eben nicht … oder nicht mehr länger. Spürst du es denn nicht?“

„Was soll ich *spüren*?“

„Die Veränderung. Es geht zu Ende mit der Herrschaft der Götter.“

„Unfug! Der Himmel war schon immer da und er wird es auch in alle Ewigkeit sein.“

Der Maestro schaute seinen Erstgeborenen lange an, der in nicht zu ferner Zukunft seinen Pinsel übernehmen sollte. „Du verstehst es nicht, richtig?“

„Was, Vater? *Was* verstehe ich nicht?"

„Die Dämmerung ist hereingebrochen, und ich weiß mich der alten Welt nicht anders zu erwehren als mit Spott und Hohn."

„Das ist es also: Der Narr hat dir den Kopf verdreht."

„Der Narr ist der einzige in diesem Irrenhaus, der bei klarem Verstand ist."

„Eine Giftschlange ist er, nichts anderes."

Ein Räuspern in seinem Rücken. Lorenzo fuhr herum und erstarrte vor der imposanten Gestalt im kastanienbraunen Mantel, die eine Kerze in der Hand hielt. Die nassen Haare hingen ihr ins Gesicht, dass man es nicht erkennen konnte – außer, man wusste, wer sich dahinter verbarg.

„Was macht Ihr hier?", fragte Angelo, sein Diener.

„Santa Maria! Willst du mich umbringen?" Das Herz raste, er brauchte einige Atemzüge, um es zu beruhigen.

„Solltet Ihr nicht längst schlafen?"

Ja, klar. Und er? „Und was treibst du dich nachts auf den Gängen herum?"

„Euer Vater hatte einen Auftrag für mich."

„Was für einen Auftrag?"

„Er trug mir auf, nicht darüber zu sprechen."

„Ich bin nicht irgendwer, ich bin dein Herr."

„Um genau zu sein, Euer Vater ist es."

„Herrgott!", entfuhr es Lorenzo, „sprich endlich, bevor ich dem Fürsten von deinen nächtlichen Eskapaden berichte. Du weißt, er ist mir zugetan."

Es dauerte eine Weile, bis Angelo die Drohung gegen die zu

erwartende Schelte des Maestros abgewogen hatte. „Nun gut, um des Friedens willen: Ich habe Maestro Bossi aufgesucht.“

„Warum?“

„Ihr wisst, Maestro Bossi plagen böse Geister …“

Daher wehte also der Wind. Aber, was hatte Angelo damit zu schaffen?

„Ich stehe ihm bei, wenn es wieder einmal schlimm um ihn steht.“

Angelo war also Bossis Schutzengel, der gute Geist gegen die Dämonen, die den bedauernswerten Landsmann um den Verstand brachten. „Das tut mir leid.“

„Ihr solltet es schnell wieder vergessen. Der Fürst wird nicht erfreut sein, wenn er es erfährt, und Maestro Bossi auch nicht. Es ist ein Geheimnis.“

Wenn Lorenzo sich richtig entsann, dann hatte auch der Fürst seine Probleme mit Dämonen, genauer, mit Hexen. In diesen aufgeklärten Zeiten hatte er doch tatsächlich ein altes Weib noch als Teufelsanbeterin verurteilen und hinrichten lassen. Das war reinste Barbarei gewesen und warf einen dunklen Schatten auf diesen kultivierten Fürsten, der sich im Kreis von Göttern sah. Vielleicht hatte sein Vater ja recht: Deren Herrschaft dämmerte dem Ende entgegen.

„Ihr solltet nun zu Bett gehen“, sagte Angelo in die Stille hinein. „Ich werde es Euch gleichtun, nachdem ich Eurem Vater berichtet habe.“

„Du hast recht“, lenkte Lorenzo vordergründig ein, „bis morgen.“

Er ging zurück, wartete, bis Angelo verschwunden war, setzte seinen Erkundungsgang aber unbeirrt fort. Diese Nacht hatte ihm bereits zwei Geheimnisse offenbart, er würde die Glückssträhne ausnutzen.

Zimmer für Zimmer ließ er hinter sich, geradewegs bis zum großen Saal mit den Fresken seines Vaters über die Zeit des berühmten Kaisers Barbarossa, der auch in ihrer Heimat Italien geherrscht hatte. Stühle und Tische des Festmahls waren zur Seite geräumt und der letzte Klang einer Violine schien noch in der Luft zu schweben. Ein Blitz zuckte jenseits der hohen Fenster und der Donner folgte auf dem Fuß, sodass Lorenzo von der Wucht zusammenfuhr. Und nicht nur er.

„Heilige Dreifaltigkeit, was für ein Schlag!"

Es waren die Worte eines Mannes, den er für einen Augenblick im fahlen Blitzlicht erkannt haben wollte. Er war mitten im Saal gestanden und er war nicht allein.

„Fürchtet Ihr Euch etwa?" Eine Frauenstimme.

Lorenzo huschte in eine Ecke, horchte in die Dunkelheit hinein. Wer war das?

Ein übermütiges, selbstbewusstes Lachen, das im Hall des Raums befremdlich wirkte. „Ich fürchte nichts und niemand."

„Ein wahrer Orfeo."

„Sei versichert, mein Täubchen, nicht einmal der Hades mag mich schrecken."

„Wenn nicht er, so vielleicht der Spott?" Sie kicherte.

Er war nicht begeistert. „Niemand spottet dem Mut und dem Ruhm eines Orfeo!"

„Nicht so grob, verehrter Comte. Wisst Ihr denn nicht, wie Ihr mit einem zerbrechlichen Weib umzugehen habt?"

Der Comte de Valois also, und wer war die Frau?

„In den Salons von Paris und Wien preist man meine Fähigkeiten."

„Worte schmeicheln gern und oft. Wie verhält es sich mit Euren Taten?"

„Die will ich dir ja beweisen, Weib. Zier dich nicht länger, meine Referenzen sind begründet."

„Bevor ich einwillige, gestattet mir noch eine Frage."

Er seufzte. „Wenn es denn sein muss. Frag, dann lass uns endlich beginnen."

Ein Rascheln, eine kleine Flamme, ein Kerzenleuchter schenkte Licht. Es erhellte das Gesicht einer Frau, das sich mit einer Maske um Augen und Nase dem Erkennen entzog. Anders ihr graziler Körper im sündhaft dünnen Gewand, wie ihn Lorenzo beim feierlichen Einzug des Fürsten bereits gesehen hatte. In den Fresken seines Vaters waren diese himmlischen Wesen ebenso zahlreich zu finden – Horen, die Töchter des Zeus. Wer war diese Frau, die ihm seltsam vertraut vorkam?

„Warum seid Ihr, furchtloser Comte und ruhmreicher Orfeo der Pariser Salons, auf keinem dieser Bildnisse zu sehen?", fragte sie.

Sie hob den Kerzenleuchter in die Höhe. Schwach, aber ausreichend erhellte er das erste Werk seines Vaters in diesem Schloss – die Vermählung Kaiser Barbarossas mit der jungen Beatrix von Burgund.

Der Comte zögerte, ja, er stotterte sogar. „Warum sollte ich mich dort wiederfinden?"

Sie lachte. „Weil es andere tun, die sich weit unter Eurem Stand befinden."

„Unsinn!", widersprach der Comte, „das sind Phantastereien."

„Erkennt Ihr denn im Gesicht des einen Edelmannes nicht den Grafen von Falkenberg, und dort die Baronesse de Fleury?"

Was für eine hinterhältige Schlange, ging es Lorenzo durch den Kopf. Sie offenbarte seine Zeichnungen von den Gästen des Fürsten und reizte damit die Eitelkeit des Comte.

Dessen Zweifel schwanden, je länger er die Bildnisse betrachtete und das Gift der Hore wirkte. „Sacrebleu, du hast recht. Das könnte der aufgeblasene Popanz sein …"

„Nun, wo ist Euer Ruhm für alle Zeiten festgehalten?"

„Schweig!"

Sie kam dem Befehl nach, nicht damit er sich beruhigte, sondern um den lodernden Flammen Zeit zu geben, um einen Brand anzufachen. Dann aber: „Ich vermag Euch zu helfen."

„Dummes Ding. Was willst du schon bewirken?"

„Folgt mir in den Himmel", ermutigte sie ihn.

Lorenzo schlich den beiden nach, hinaus ins Treppenhaus, wo das Licht der Blitze zuckte und der Donner rollte.

Sie zeigte hinauf in den Götterhimmel. „Da entsteht ein Werk für die Ewigkeit. Wer Teil davon wird, mag sich rühmen, ein Großer zu sein."

Natürlich war im flackernden Licht des Gewitters und im Schatten des Gerüsts nicht viel zu erkennen, aber der Comte wusste, was er nach seiner Ankunft bestaunt, aber auch geschmäht hatte.

„Willst du mich foppen?“, höhnte er. „Wilde und gemeines Pack.“

„Ja“, lenkte sie ein, wandte sich dann aber zur noch unbemalten Südseite um, wo der Kontinent Europa entstehen sollte, „doch dort wird der Fürst thronen. Ihm zur Seite stehen die alleredelsten Künstler und Weisen der Welt.“

„Woher willst du das wissen?“

Gute Frage. Lorenzo spitzte die Ohren, was nicht leicht war, im Getöse des Donners verloren sich die Worte. Die Pläne für die Kontinente waren nur den engsten Mitarbeitern vertraut. Sie konnten sich stündlich ändern, je nach Stimmungslage seines Vaters oder des Fürsten.

Sie zierte sich ein wenig, gab dann aber stolz zu: „Ich durfte dem Maestro Modell sitzen. Er versprach mir …“

Und wieder blitzte und krachte es, der Regen hämmerte an die Scheiben.

„Wie soll ich das anstellen?“, fragte der Comte. „Ich kann ihn ja schlecht verführen.“

„Ihn nicht, aber …“

Der nächste Donnerschlag, es war zum Haare raufen. Näher konnte er den beiden nicht kommen, ohne sich zu verraten, aber gemessen an dem erstaunten Gesicht des Comtes musste diese Person alles andere als nach seinem Geschmack sein.

„Niemals!“, protestierte er. „Eher will ich …“

Dieses Mal verloren sich die Worte nicht im Gewitter, sondern im überstürzten Auftreten eines Mannes.

„Herr“, keuchte der Diener des Comtes, „Eure Gattin sucht Euch überall.“

„Lass sie suchen."

„Sie hat getrunken und ein Messer in der Hand."

„Dann nimm es ihr weg."

„Sie ist blind vor Eifersucht und Rache auf Euch."

„Herrgott, Kerl! Wozu bist du nütze, wenn du nicht einmal ein Weib bändigen kannst?"

„Glaubt mir, Herr, so habe ich sie noch nicht erlebt."

„Ach, geh zur Seite", und bevor er sich von seiner Begleitung verabschieden konnte, sah er nur einen Kerzenleuchter am Boden stehen. „Wo ist sie?"

Die Frage hörte Lorenzo nicht mehr, er war ihr bereits auf den Fersen, mitten hinein in die trügerische Dunkelheit der Gewitternacht.

## Im Lichte Minervas

Im Morgengrauen war der Hoffourier Spielberger über die Gänge geeilt, um den Leibarzt des Fürsten zu wecken. Es habe sich ein schreckliches Unglück ereignet. Er möge schnell kommen, um zu sehen, wie die unleidige Angelegenheit zu meistern sei, bevor sie Wellen schlug. Das Haus sei voller Gäste, das Gerede … Der Fürst wäre alles andere als angetan.

Den beiden bot sich ein blutiger Anblick. Der Diener des Comte de Valois lag erstochen im Zimmer der Comtesse. Die Bedauernswerte konnte sich nicht erklären, wie es dazu gekommen war. Die Hitze des Nachmittags, der Alkohol, das angsteinflößende Gewitter in der Nacht. All das mochte dazu beigetragen haben, dass sie in der Dunkelheit den Diener mit einem Unhold verwechselt hatte. Eine schreckliche Tragödie, aber ein Unfall, zweifellos. Der Herr im Himmel sei seiner Seele gnädig.

„Schuld ist der Narr mit seinen frechen Reden", fügte Spielberger im Kreis der Hofgesellschaft hinzu. „Hätte er nicht den Anlass für die Verwirrung geliefert und Euer Gnaden beleidigt, wäre nichts geschehen."

Was selbst den Fürst zum Nachdenken brachte, stieß bei einem Gast auf Einspruch.

„Ihr könnt versichert sein, Exzellenz", gestand der Comte de Valois mit bekümmerter Miene, „ich bin der Erste, der den Narren unter dem Schwert sehen möchte." Allgemeines Kopfnicken. „Doch will ich nicht länger meine Seele mit unsäglichem Zorn und schmachvoller Rache belasten. Der Narr ist ein Narr, er kann nicht anders." Allgemeines Erstaunen. „So wie man einen Zwerg nicht wegen seines Kleinwuchses oder ein Weib wegen ihrer Schwäche tadeln kann, so kann der Narr nicht anders als närrisch zu sein. Es ist seine Natur, und sie ist von Gott gegeben."

Es dauerte, bis sich das unerwartete Eingeständnis des Comtes gesetzt hatte. Einigen verschlug es gar die Sprache.

„Daher will ich für den Narren um Gnade bitten", fuhr er fort, „und für mein bedauernswertes Eheweib um einen Platz in einem Eurer Klöster, wo sie im stillen Gebet ihre Seele ergründen und die Herrlichkeit unseres Schöpfers, den Allmächtigen, preisen kann."

Greiffenclau ließ die Worte auf sich wirken. Das mörderische Weibsbild musste schnellstens verschwinden. Fraglich war, konnte er sie ohne Buße ziehen lassen? Sein Blick ging zu den Fenstern, draußen regnete es Bindfäden. Die schöne Bühne stand unter Wasser und das Ballett würde auf die Schnelle nur unzureichend auftreten können. Er seufzte. Was tun?

Im Treppenhaus herrschte derweil Überraschung und Unverständnis unter den Malern und ihren Gehilfen. Was um alles in der Welt stimmte mit dem Gesicht nicht, das Maestro Tiepolo da eigenhändig aus dem Fresko meißelte? Es war exakt nach Vorlage von einem kunstfertigen Maler ausgeführt worden. Selbst Domenico hatte dem Kollegen ein Lob ausgesprochen.

„Seid ihr denn alle mit Blindheit geschlagen?!“, zürnte der Maestro. „Der Kopf, die Haare, das Tuch … alles viel zu groß.“

„Aber, Vater“, wagte Domenico einzuwerfen, „so war die Vorlage gezeichnet.“

„Wer hat sie ausgeführt?“

„Ihr selbst.“

„Das kann nicht sein. Oder habe ich den schiefen Obelisken etwa auch verbrochen?“

Nein, das war Domenico gewesen, und er hatte dafür reichlich Tadel einstecken müssen. Doch mit diesem Frauenkopf war alles in Ordnung. Warum musste er auch noch ihr Gesicht zerstören?

„Eine neue Auflage. Schnell!“, befahl Tiepolo nach vollendeter Zerstörung.

Eilfertig stürzte einer der Gehilfen herbei und brachte vorsichtig die frische Masse auf, während die anderen wieder an die Arbeit gingen. Kopfschütteln und so mancher fragende Blick trafen sich, besser, man hielt den Mund, bevor der Maestro sich auch ihrer Arbeit annahm.

Vom Umlauf aus hatte Lorenzo die Szene beobachtet. Gähnend rieb er sich die Augen, er war erst spät zur Ruhe und vor allem ins Bett gekommen. Grund war die erfolglose Jagd auf die Frau in Begleitung des Comtes gewesen. Sie schien wie vom Erdboden verschluckt, obwohl sie kaum ein paar Sekunden Vorsprung gehabt hatte. Jeden Gang und jede dunkle Ecke hatte er nach ihr abgesucht – nichts, als sei sie nie dagewesen. Es musste sich um eine Dienerin eines Gastes handeln, die sich in ihr Zimmer zurückgezogen hatte, anders war es nicht zu erklären.

Sein Magen knurrte, er hatte noch nichts gefrühstückt. Ein Becher schwarzer Kaffee, der eigentlich nur den Herrschaften vorbehalten war und eins dieser leckeren Hörnchen, die sie hier backten, würden seinen Hunger stillen. Er machte sich auf den Weg in die Küche, vorbei an den Gauklern, Schauspielern, Sängern und Musikanten, die sich heute im Schloss tummelten. Regen und Sturm hatten im Garten alles verwüstet, der Himmel weinte Sturzfluten und das schöne Fest versank in Trübsal.

Auf den Gängen jedoch herrschte noch eine andere Betriebsamkeit. Diener eilten an ihm vorbei wie emsige Bienen im Stock, jonglierten dabei mit Tabletts, Kannen, Töpfen, Flaschen und Gläsern, denn die Gäste wollten versorgt bleiben. Jetzt mit noch mehr Wein, Essen und Süßigkeiten, allein, um der lähmenden Langweile Herr zu werden.

Lorenzos Blick fiel in den Innenhof des Nordflügels, wo im strömenden Regen zwei Kerle einen toten Körper auf die Ladefläche eines Karrens zerrten. War wieder ein unvorsichtiger Arbeiter vom Gerüst gestürzt oder ein Maurer, Schreiner, Schmied unter der Arbeitslast zusammengebrochen? Es passierte alle Tage, ein Bauwerk wie dieses forderte Opfer und niemand würde sich später an sie erinnern. Einzig an die Pracht und Ewigkeit der Kunst. Das war die Natur der Menschen: Zum Olymp sah man auf, den Hades wollte niemand kennen.

Anders als bei diesem Opfer, das soeben aus den Kellern ans Tageslicht gebracht wurde. Es war unverkennbar Draco, auch wenn er gebeugt ging und humpelte. Eine Nacht im Kerker, womöglich noch mit einem Dutzend Peitschenhiebe gestraft, steckte niemand so leicht weg. Am Karren machte er Halt, prüfte, um wen es sich bei dem Toten handelte, und stieß daraufhin einen Schrei aus, dass er den Knechten ins Mark fuhr.

Dracos Mitgefühl war ein wahrhaft edles Gefühl, doch für Lorenzo momentan nicht das dringendste. Er musste essen, trinken und vor allem wieder zu Kräften kommen. Von der misslichen Stimmung seines Vaters würde auch er nicht verschont bleiben, wenn der seine Zeichnungen und Vorlagen durchging und sie als untauglich verwarf. Besser, er war darauf vorbereitet.

In einer der vier Küchen des Schlosses angekommen, glaubte Lorenzo nun wirklich in einem Bienenstock zu sein, in einem dunstschwangeren allerdings, sodass er kaum zählen konnte, wie viele Köche und Gehilfen hier zugange waren. Es wurde jäh kommandiert und beflissen ausgeführt. Deftiger Bratengeruch und süße Zuckerfahnen konkurrierten um die Vorherrschaft, es war heiß und feucht, und keiner schien in dieser Hölle noch bei klarem Verstand zu sein. Hektik regierte und obendrein stritt auch noch Spielberger mit dem Küchenmeister, weil alles viel zu langsam ging.

Lorenzo schnappte sich eine Kanne Kaffee, goss ein und zückte aus den Körben ein frisch gebackenes Hörnchen. Niemand nahm ihn wahr und das Gleiche wollte er auch mit den anderen tun, bis auf einen durchnässten Kerl im kastanienbraunen Mantel, der sich in die Ecke zur Speisekammer verzogen hatte. Erneut hingen ihm die Haare ins Gesicht und machten ihn bei Tageslicht noch ein Stück unheimlicher, sodass er keine Störung fürchten musste.

„Was machst du hier?", fragte Lorenzo, schlürfte den heißen Türkentrunk und biss ins Hörnchen.

„Dasselbe wie Ihr, Herr", erwiderte Angelo, „frühstücken."

„Kommst du von draußen?"

„Eurem wachsamen Auge entgeht wahrlich nichts."

Er setzte sich an den kleinen Tisch, der eigentlich dem Küchenpersonal vorbehalten war, nun aber vom *Ungeheuer* in Besitz genommen wurde, wie ihn die Diener und Mägde nannten.

„Warst du bei …?", mehr musste er nicht sagen.

Angelo nickte. „Das Gewitter war nicht gut. Dämonen und Hexen umschwirren ihn wie Motten das Licht."

„Ist er jetzt …?"

Angelo nickte. „Einen Kübel Wein hat es gebraucht. Nun singt er venezianische Weisen auf dem Gerüst."

„Du bist ein guter Mensch, Angelo." Er klopfte ihm anerkennend die Schulter. „Das Himmelreich ist dir gewiss."

Doch der wollte nichts davon wissen. „Ungeheuer kommen in die Hölle."

„Unsinn. Du bist der gute Geist, ein Schutzengel für uns alle."

Er nahm eine Zeichnung aus seiner Mappe. „Das werde ich Vater zeigen.“ Ein Mann in kastanienbraunem Mantel und mit einem mächtigen Brustkorb war darauf zu sehen, auf dem Haupt eine Mütze und das Gesicht von Haaren verdeckt.

„Soll ich das sein?“, fragte Angelo nach eingehender Prüfung.

„Gefällt es dir etwa nicht?“

„Selbst Ihr wollt mein Gesicht nicht zeigen.“

„Es ist doch schon im Bild von Afrika zu sehen.“

„An irgendeinem Sklaven, habt Dank.“

„Zur Seite der Königin!“

Das war nun eine ganz andere Sache. Sein Brustkorb schwoll. „Das ist sehr nobel von Euch.“

Töpfe schepperten, Teller gingen zu Boden und Spielberger schimpfte. „Ein einziges Irrenhaus! Selbst der Comte de Valois ist nicht wiederzuerkennen.“

„Was ist mit ihm?“, fragte einer.

„Er hat plötzlich seine barmherzige Seite entdeckt und die Freilassung des Narren erwirkt.“

„Der hat doch die Comtesse beleidigt.“

Spielberger lachte höhnisch. „Ins Kloster hat er sie verfrachtet. Jetzt kann er über ihr Vermögen verfügen wie er will, dieses windige Schneiderlein.“

„Schneiderlein?“

„Weil das seine Profession bei Hofe war, bevor ihn die Comtesse zum Gatten genommen hat.“

Gelächter erhob sich, andere schüttelten den Kopf vor so viel Einfalt.

„Interessant", kommentierte Lorenzo, „der Comte ist also nicht von Geburt an hochwohlgeboren."

„Ein eitler Pfau ist er", grummelte Angelo, „dem ich gerne die Federn stutzen würde."

Spielberger fuhr fort. „Jetzt umgarnt er auch noch den Narren wie ein Rüde das läufige Weibchen, als könnte ausgerechnet der ihm zu noch mehr Ansehen verhelfen."

„Wie soll das denn gehen?"

„Der Narr hat ihnen ein Rätsel aufgegeben. Wer es löst, soll der Edelste von allen sein."

„Was für ein Rätsel?"

Gute Frage. „Los, komm mit", sagte Lorenzo, „das lassen wir uns nicht entgehen."

„Ein Rätsel ist so gut und schlecht wie das andere."

„Was hat er nur vor?", fragte Lorenzo schnellen Schrittes und bemüht mit keinem der Diener zu kollidieren, die zwischen Küche und Saal pendelten.

„Was Narren immer tun: Sie sorgen für Abwechslung", antwortete Angelo.

„Daran will ich nicht länger glauben, wenn ausgerechnet der Comte ihn aus dem Kerker befreit", und die Worte der unbekannten Frau von letzter Nacht kamen ihm in den Sinn. *Dort wird der Fürst thronen. Die alleredelsten Künstler und Weisen der Welt stehen ihm zur Seite.* „Sag, Angelo, wer ist zurzeit die Favoritin meines Vaters?"

„Das geht mich nichts an und Euch sollte es auch nicht interessieren."

„Nicht das. Wer ist sein bevorzugtes Modell für die Europa-Seite?"

„Da gibt es viele."

„Ist eine unter ihnen mit langem, blonden Haar, die eine Hore darstellen soll?"

„Mindestens ein halbes Dutzend."

„Sie war Teil der Gruppe um den Streitwagen des Fürsten."

„Ich durfte dem Einzug nicht beiwohnen."

Richtig, erinnerte sich Lorenzo, „aber du hast bestimmt ein Versteck gefunden, wo dich niemand sieht, du aber alles."

Angelo zögerte. „Ich war bei den Gehegen mit den Raubkatzen."

Das war wirklich weit vom Tor des Einzugs entfernt, aber nah am hinteren Teil des Hofgartens, wohin Draco geflüchtet war. „Hast du vielleicht die Festnahme des Narren beobachtet?"

„Ja, warum fragt Ihr?"

„Ist dir dabei etwas seltsam vorgekommen?"

„Ungewöhnlich war, dass ihm plötzlich die Luft auszugehen schien, nachdem er seine Verfolger bereits abgeschüttelt hatte."

Damit hatte sich Lorenzos Vermutung bestätigt: Der Narr spielte ein Spiel. Nur welches und mit welchem Ziel?

Am großen Saal angekommen, fanden sie nur verlassene Tische und Stühle vor.

„Wo sind der Narr, der Fürst und die Gäste?", fragte er einen Diener, der Teller, Schalen und Gläser abräumte.

„Im Treppenhaus."

Da wurde doch gearbeitet. Die feinen Herren und Damen verloren sich selten dorthin, und wenn, dann nur, um sich den Kopf über die Figuren im Fresko zu zerbrechen.

Am Durchgang zum Treppenhaus scharten sich die arbeitslosen Künstler, danach Fürst Greiffenclau mit seinen Gästen und unten auf der Treppe die Arbeiter und Handwerker. Sie alle reckten die Hälse zum Gerüst empor und horchten der Stimme Dracos.

An dessen Seite war sein Vater, der Maestro, sichtlich unzufrieden, dass er von der Arbeit abgehalten wurde. Das Asienfresko war in Teilen fertiggestellt, vieles fehlte noch wie bestimmte Figuren, Gesichter oder Hände, die das Können und auch die Zustimmung des Maestros voraussetzten. Aber der Berg Golgota war zu erkennen, davor zwei Gestalten, die dem Betrachter den Rücken zuwandten. Daneben der verkürzte Obelisk, ein sitzender Jüngling, ein Mann mit einem Sonnenschirm aus Stroh und … Lorenzo wollte seinen Augen nicht trauen. Was war das für ein neues Gesicht für das alte, das sein Vater am Morgen noch eigenhändig aus dem Fresko geschlagen hatte?

Seine Mappe mit den Zeichnungen. Wo war sie? Er seufzte, er hatte sie in der Küche liegen lassen.

„Hier", sagte Angelo und reichte sie ihm. „Ihr solltet aufmerksamer mit Euren Arbeiten umgehen."

Für ein Dankeschön war keine Zeit, er brauchte Gewissheit. Die Blätter flogen unter seinen fiebrigen Fingern dahin, bis er es endlich hatte. Er nahm es heraus und hielt es hoch. Links, das neue Gesicht der Frau, rechts, seine Zeichnung von Nisha. Es gab keinen Zweifel, sie war es. Aber wie konnte das möglich sein? Lorenzo hatte seinem Vater das Bild noch gar nicht vorgelegt.

„… wie Amerika Reichtum und Fülle inne hat, aber auch Rohheit und Heidentum", rief Draco seinen Zuhörern zu, „und das schwarze Afrika Handel treibt und sich mit Geschenken huldigen lässt, ist doch Asien uns am nächsten. Der Ort des Evangeliums", er zeigte auf den Berg Golgota, der mit zwei Kreuzen das Leiden Jesu darstellte, „die Wiege der Zivilisation", er wies zum ägyptischen Obelisk, „aber vor allem der Ursprung von Kunst und Kultur." Der Fingerzeig galt einem sandfarbenen Steinblock hinter dem ein bärtiger, alter Mann mit einem breitkrempigen Hut auf dem Kopf saß und in der linken Hand eine Fackel hielt.

„Eine Nacht im Kerker tut so manchem Dummkopf gut", tönte Graf Falkenberg aus der Gruppe um den Fürsten, „aber er langweilt auch schrecklich."

Zustimmendes Gelächter, doch Draco ließ sich nicht entmutigen.

„Horch, horch, eine Lerche im Himmelsblau", zwitscherte er, „und fürwahr, hat sie nicht allen Grund zum Jubilieren? Apoll verkündet einen neuen Tag, hier über Asien und nicht dort, wo der Stier die Europa tragen soll."

Draco blieb seinen spitzen Bemerkungen treu, der Seitenhieb war im Hinblick auf den Fürsten gewagt. Denn der sah sich selbst als Inkarnation des Sonnengottes. Apoll gehörte damit eigentlich auf dessen Seite, doch thronte am Firmament über Europa bereits der Götterbote Merkur – in der Rangfolge des Olymp eine eher zweitrangige Figur. Seltsam.

„Weil die Sonne im Osten aufgeht", rief Greiffenclau dem Narren zu, „deshalb."

Applaus goutierte die Erklärung und Spontanität des Hausherrn. So leicht ließ man sich nicht mehr vom Narren täuschen.

„Unzweifelhaft und nicht weniger bescheiden." Draco verbeugte sich. „Euer Gnaden steht im Licht Minervas, Göttin der Weisheit, Hüterin des Wissens und Förderin der Künste."

Auch das war einen pflichtbewussten Applaus wert.

„Doch vor die Sterne haben die Götter den Schweiß gesetzt. Wer im Licht Minervas glänzen will, muss sich beweisen."

„Na endlich", höhnte der Comte, „wo bleibt das Rätsel, das du uns versprochen hast?"

„Es ist vor Eurer aller Augen." Draco zeigte auf den Steinblock mit dem greisen Alten dahinter. „Wer vermag mir die Bedeutung dieser Schrift zu offenbaren?"

Man musste genau hinsehen, um die dreiundvierzig Zeichen als Schrift zu deuten, die auf dem Steinblock aufgetragen waren. Das ungebildete Auge mochte darin bloße Verzierungen oder unbedeutende Details erkennen, wie an anderer Stelle auch, wo unbekannte Zeichen auf Säcken und Fässern angebracht waren. Wer aber ein Studium der alten Sprachen absolviert hatte, konnte Vertrautes wiederfinden.

„Ist es Griechisch?"

„Weit gefehlt!", schallte es zurück.

„Aramäisch?"

„Nicht schlecht, aber nein."

Eine Neunmalkluge, und es war ausgerechnet die Baronesse de Fleury, glaubte eine Abkürzung zu kennen. „Wieso rätseln?", rief sie, „fragen wir doch einfach den Maestro. Wenn es einer weiß, dann er."

Der Vorschlag brachte ihr Anerkennung ein. So leicht war es also, den Narr zu überlisten. Ein Kinderspiel.

„Was meint Ihr, Euer Gnaden", erwiderte Draco, „wollen wir

Maestro Tiepolo nach der Lösung fragen, oder wollt Ihr sie uns verraten?"

Greiffenclau schien überrascht, so deutete Lorenzo dessen Miene, da er nicht gleich antwortete, sondern unter seinen Gästen umherblickte.

„Niemand kennt die Lösung", raunte Angelo an Lorenzos Ohr.

„Nicht einmal Vater?"

„Ich habe ihn nächtelang über den Schriftzeichen brüten sehen. Irgendetwas trieb ihn dabei um."

„Ist eine Botschaft darin verborgen?"

Der Fürst hatte sich entschieden, er verkündete seine Entscheidung. „Den Spaß wollen wir uns nicht verderben. Nein, Maestro Tiepolo soll schweigen."

„Aber Ihr kennt die Bedeutung der Schrift?", fragte Falkenberg.

Greiffenclau goutierte es mit einem nicht ganz überzeugenden Lächeln.

„Was soll der Lohn für die Lösung des Rätsels sein?", rief der Comte dem Narren zu.

Draco lachte boshaft. „Ewiger Ruhm oder der Tod."

## In vino mortem

Auf Befehl Fürst Greiffenclaus hatte sich Maestro Tiepolo umgehend einzufinden. Das Gespräch dauerte nicht lange, war dafür umso lauter. Von Täuschung und Arglist war die fürstliche Rede, von übertriebener Wichtigkeit und dem Scherz eines Narren sprach Tiepolo. Nichts, rein gar nichts sei in den geheimnisvollen Schriftzeichen auf dem Steinblock zu lesen, nichts anderes als das armenische Alphabet.

Warum ausgerechnet armenisch?

Weil es die älteste Schrift der Welt und Armenien Teil Asiens im Fresko sei. Man könne doch nicht die vornehmste aller Künste, die Schrift, unterschlagen.

Damit gab sich der Fürst vorerst zufrieden und ließ Tiepolo versprechen, nichts weiter darüber zu verraten. Seine Gäste setzten alles daran das Rätsel zu lösen, und gottlob, etwas Besseres hätte ihm bei diesem Sauwetter nicht passieren können.

Danach schloss sich Tiepolo in seinem Zimmer ein und war für niemanden zu sprechen, auch nicht für Lorenzo, der ein paar dringende Fragen an ihn hatte.

Die Allerwichtigste: Woher kannte er das Gesicht von Nisha?

Sowohl Domenico als auch Angelo hatten ihm versichert, nicht an seiner Mappe gewesen zu sein, und sein Vater hatte tausend andere Dinge zu tun, als in seinen Zeichnungen zu schnüffeln.

Nur ein Einziger hatte es bisher gesehen: Draco. Für einen kleinen Augenblick. Unmöglich, sich ein Gesicht in so kurzer Zeit zu merken und es dann auch noch zu zeichnen.

Im Schein einer Kerze saß Lorenzo hoch oben auf dem Gerüst. In der Hand die Zeichnung von Nisha, keine Armlänge entfernt ihr Abbild im Fresko. Erstaunlich gut war es seinem Vater mit nur wenigen Strichen gelungen. Das war nicht selbstverständlich, man musste ein Gesicht gut studiert haben, um die wesentlichen Merkmale herauszuarbeiten, die es einzigartig und unverkennbar machten.

Kannte er sie?

Unwahrscheinlich. Von Tagesanbruch bis zur Dämmerung war er unter dem Fresko zugange, abends besprach er mit Domenico und den anderen Malern die Vorlagen für den nächsten Tag, danach blieb noch eine Stunde, um etwas zu essen, bevor ihm die Augen vor Müdigkeit zufielen.

Es gab aber Ausnahmen. Triste, verregnete Tage wie heute einer war, an denen das Licht gerade für ein Detail oder unwichtige Flächen ausreichte. An solchen Tagen verbrachte er mehr Zeit in seinem Atelier, zeichnete, malte und ließ sich Modelle vorführen, um sie auf Verwendbarkeit für die vielen notwendigen Gesichter und Körper in den Fresken zu prüfen.

Sein Blick fiel auf den Steinblock mit den seltsamen Zeichen. Sie kamen ihm irgendwie vertraut vor, als hätte er derlei schon einmal gesehen. Ein Echo aus der Vergangenheit. Venedig, eine bestimmte Kirche …

Ein Geräusch im Treppenhaus schreckte ihn auf, er löschte die Flamme und horchte in die Finsternis des Treppenhauses. Ein Husten und Schniefen, gefolgt vom Licht eines Kerzenständers, den Graf Falkenberg in der Hand hielt. Der gab sich wenig Mühe bei seinem Nachtgang unentdeckt zu bleiben, er haderte mit dem Wetter und einer Erkältung.

„Ausgerechnet Würzburg", schniefte er, „wär ich nur in Wien geblieben. Selbst Salzburg wäre besser gewesen." Er nieste, dass es im weiten Treppenhaus nur so schallte.

Was um alles in der Welt machte er hier und warum blieb er nicht im Bett?

Die Antwort folgte wenig später in Gestalt von niemand anderem als … Cristina!

„Willst du, dass ich mir den Tod hole?“, schimpfte Falkenberg. „Du hättest es mir auch auf mein Zimmer bringen können.“

„Spielberger kontrolliert die Gänge“, erwiderte sie, „wir müssen Umwege gehen.“

„Du hast es nicht dabei?“

„Es ist versteckt und ich komme nicht ran.“

„Herrgott, Weib, das war nicht unsere Abmachung.“

„Wollt Ihr es oder nicht?“

Falkenberg überlegte, doch dann: „Wenn's denn sein muss. Wo ist es?“

Cristina streckte fordernd die Hand aus. „Zuerst mein Lohn.“

Eine Börse wechselte den Besitzer. „Wenn du mich aufs Kreuz legen willst …“, warnte Falkenberg sie.

„Kommt jetzt, bevor Spielberger uns entdeckt.“

Der Lichtschein setzte sich in Bewegung, die Treppe hinunter.

Die Gelegenheit ließ sich Lorenzo nicht entgehen. Er schnappte sich seine Mappe und stieg die lange Leiter hinab, getrieben von einer Frage: Was hatte Cristina vor?

Den beiden zu folgen, war nicht schwer. Der Graf hustete und murrte, er hatte sich den Handel anders vorgestellt. Der Weg im Erdgeschoss führte über verschlungene Gänge in den Wirtschaftsbereich des Schlosses, dorthin, wo außer Dienern und Arbeitern eigentlich niemand verkehrte. Umso mehr verwunderte es, dass Cristina einen Schlüssel zu einer Tür besaß, die sie aufschloss und mit dem Grafen darin verschwand. Wenn sich Lorenzo richtig erinnerte, führte sie in den Keller. Er war nie unten gewesen, hatte aber von den Dienern erfahren, dass es ein riesiges Labyrinth mit Hunderten von Weinfässern sei, mindestens in den Ausmaßen des gesamten Schlosses. Haushoch seien manche Fässer und sie beinhalteten das Gold des Fürsten – seinen Wein, den er teuer in die ganze Welt verkaufte.

Als Lorenzo auf die erste Stufe trat, spürte er etwas auf der Schulter, das ihn vor Schreck erstarren ließ.

„Geh nicht da runter."

Sein Herz pochte, die Kehle war wie zugeschnürt, er stotterte und streckte abwehrend die Hände vor. „Geh weg, ich habe dir nichts getan."

„Wenn du leben willst, bleib weg von den Stufen."

Das war eine flüsternde Frauenstimme.

„Wer bist du?", fragte er und tastete in die Dunkelheit.

„Die Schuld ist damit getilgt. Das Versprechen eingelöst."

„Welche Schuld? Und welches Versprechen?"

Die Antwort dauerte. „Es scheint zu stimmen, was man über dich spricht. Wer die Schuld eines anderen vergisst, ist wahrhaft edelmütig und barmherzig."

„Wer sagt das? Gib dich endlich zu erkennen."

„Ich muss nun gehen. Doch ich warne dich: Bleib dem Keller fern."

„Nein, geh nicht!" Mutig setzte er einen Schritt nach vorne, versuchte die Unsichtbare zu greifen.

„Du wirst meiner nicht Herr. Die Nacht ist die Königin der Schatten."

Die Worte trafen ihn wie ein Donnerschlag. „Nisha?"

## San Lazzaro degli Armeni

Die Regenwolken über Würzburg waren erschöpft, der Himmel klärte sich und schickte schüchtern Sonnenstrahlen. Im Hofgarten spiegelten sie sich in den vielen Pfützen. Es würde noch einen Tag dauern, bis er wieder zu benutzen war. Die Temperaturen luden eher zu einem Teller warmer Suppe, statt zu einem Spaziergang ein. Vor allem war an eine Abreise nicht zu denken, der Main führte Hochwasser und die Kutschen versanken im Morast, sobald sie die Mauern der Stadt verließen.

So blieb den Gästen des Fürsten nichts anderes zu tun, als abzuwarten und die Zeit totzuschlagen. Dracos Rätsel und die Aussicht auf Aufnahme in den Freskenhimmel hatte sie noch bis in die Abendstunden begeistern können, doch als sie erkannten, dass mit bloßem Raten nichts zu gewinnen war, verebbte das Interesse. Die improvisierte Ballettkomödie fand nur wenig Anklang, man war Erquickenderes von anderen Höfen gewohnt und so widmete man sich wieder dem Kartenspiel, dem Witz und dem allseits bekannten Klatsch.

Nur einer blieb anhaltend ehrgeizig Dracos Rätsel zu lösen – der Comte de Valois. Er hatte sich alte Schriften und Bücher aus der berühmten und gut ausgestatteten Universität des Fürsten kommen lassen, erhielt sogar Zugriff auf dessen private Bibliothek und blätterte nun in alten Pergamenten. Für so viel Eifer hatten die Gestrandeten nur Spott übrig, die Baronesse de Fleury riskierte hin und wieder einen Blick über seine Schulter, wandte sich dann aber kichernd ab, um den anderen von den vergeblichen

Versuchen des Comtes zu berichten. Noch mehr Spott prasselte auf ihn herab.

Ihnen gegenüber thronte Draco auf dem Stuhl des Fürsten, solange der mit Regierungsgeschäften beschäftigt war. Er trug eine weiße Perücke, eine Kniehose, Weste und einen taubenblauen, vornehmen Rock, vermutlich aus der Kleiderkammer des Fürsten, denn genau dessen Rolle nahm er ein. Lediglich sein weiß gepudertes Gesicht wollte nicht ganz zur Mode passen, unter dem rechten Auge waren Tränen aufgezeichnet und über den Lippen Fäden, als habe man ihm den Mund zugenäht. Seine uneingeschränkte Aufmerksamkeit galt dem Comte, zwischen zwei Fingern eine dünne, silberne Halskette mit einem Ring daran, die er pendeln ließ.

„Tick, tack, Seemannsschreck", flüsterte er immer dann, wenn der Comte einen Folianten ergebnislos zur Seite legte.

Irgendetwas ging in Draco vor, es war unüberseh- und für alle spürbar. Sein stoischer, mitunter drohender Blick jagte den Gästen Ehrfurcht ein, besser, man erinnerte ihn nicht an seine Pflichten als Unterhalter.

„Hat jemand Graf Falkenberg gesehen?", fragte die Fleury in die Runde, „er lässt doch sonst kein Frühstück und noch weniger eine Kartenpartie aus."

„Ich sah seinen Diener heute Morgen über die Gänge irren", antwortete ihr Nebenmann, ohne den Blick von seinem Blatt zu nehmen, „er schien mir ratlos, ja, etwas besorgt."

„Seiner Erkältung wegen?"

„Weder der Leibarzt seiner Gnaden war bei ihm, noch in den Spitälern der Stadt will man ihn gesehen haben."

„Ist er etwa heimlich abgereist?"

„Ohne Diener und die Kisten voller Kleider? Auch seine Kutsche ist noch da."

„Vielleicht hat er sich ja in die fürstliche Bibliothek einschließen lassen, um das Rätsel vor allen anderen zu lösen."

Die Köpfe wandten sich zum Comte, der seinen müden Kopf auf die Hand gestützt hatte, während er mit der anderen Seite um Seite blätterte. Ein Kichern ging reihum, bis es von Dracos lautem und nicht weniger impertinenten Tick-Tack! abgewürgt wurde.

„Der Kerl ist furchteinflößend", flüsterte die Fleury hinter dem vorgehaltenen Blatt in ihrer Hand, „er erinnert mich an den Zwerg im Schloss von Herzog Stanislaus in Lunéville. Habe ich euch schon davon erzählt?"

„Herzbube gewinnt", gähnte jemand und legte den Stich auf den Tisch.

„Baron, Ihr langweilt."

Kaum war das Seufzen der Kartenrunde verklungen, hallte der Aufschrei des Comtes durch den Saal.

„Heureka! Ich hab's gefunden."

Mit einem vergilbten Blatt in der Hand stand er auf und eilte hinaus. Zurück blieb Überraschung und Ratlosigkeit.

„Was hat er gefunden?"

Gemächlich erhob sich Draco und folgte ihm nach, auf den Lippen ein unheilschwangeres „Tick, tack, Seemannsschreck."

Im Treppenhaus machten sich die Arbeiter und Zimmerleute indes daran das Gerüst ein Stück weiter auf die südliche Seite zu verlegen, wo man schon bald mit den Darstellungen für die

Europa-Allegorie beginnen konnte. Maestro Tiepolo leitete den Fortgang vom Umlauf aus. Er wirkte nervös, lief einmal dorthin, ein anderes Mal woanders hin, kommandierte, tadelte, ermutigte wie ein Feldherr seine Truppen. Obwohl die Umbauarbeiten in den vergangenen Monaten mehrmals schadlos durchgeführt worden waren, blieb dennoch ein Risiko. Hielten die Verstrebungen das Gezerre aus, waren alle Seile unter Spannung, wusste jeder, was er zu tun hatte?

Domenico suchte ihn zu beruhigen. „Keine Sorge. Die Balken sind stark, die Winden halten die Last aus."

Tiepolo antwortete nicht, er würde erst beruhigt sein, wenn das Manöver glücklich zu Ende gebracht war. Bis dahin konnte viel passieren.

Ebenso hellwach und besorgt war Lorenzo, der sich ihnen vorsichtig näherte. In dieser Stimmung war mit seinem Vater nicht zu scherzen, die Arbeit der letzten zwölf Monate stand auf dem Spiel, nicht weniger seine Reputation als weltbester Freskenmaler.

„Hast du Cristina gesehen?", fragte er Domenico

Die Antwort war barsch. „Stör mich nicht."

„Ich suche sie schon den ganzen Morgen."

„Schau in ihrer Kammer nach."

„Da ist sie nicht."

„Dann weiß ich auch nicht." Er ließ ihn stehen und folgte dem Maestro, kommandierte und ermutigte.

Ihre Rufe nahm Lorenzo nicht weiter wahr, auch nicht die Verlegung des knirschenden Gerüstes und die Anspannung der Arbeiter, seine Aufmerksamkeit gehörte allein dem Verbleib Cristinas.

Niemand wollte sie gesehen haben, und langsam drängte sich ihm die Pflicht auf, doch noch in den Keller zu gehen. Ihm schauderte bei dem Gedanken, gleichwohl kehrte der Ärger auf seinen Vater zurück. Er hatte ihn die halbe Nacht nicht schlafen lassen.

Nisha. Sein Vater hatte sie treffend ins Fresko gemalt, also kannte er sie. Nichts anderes machte Sinn. Nur, wie war es dazu gekommen?

„Kein Zweifel. Das ist es!“

Auch das noch. Der Comte und der Narr, letzterer überraschend gut gekleidet, als wäre er ein Herr.

„Das sind armenische Zeichen“, der Comte hielt ein Blatt hoch und verglich es mit den Zeichen auf dem Steinblock in der Asia-Darstellung.

„Bravo“, applaudierte Draco kindlich begeistert, um in der nächste Sekunde den Tränen nah zu sein, „und was bedeuten sie?“

„Das ist leicht. Es ist das Alphabet dieser seltsamen Sprache.“

„Falsch!“, krakeelte Draco und trat ihm gegen das Schienbein, dass der Comte vor Schmerzen aufschrie.

„Bist du von Sinnen?!“

„Falsche Antwort. Gerechte Strafe.“

„Ich lass dich auspeitschen und wieder in den Kerker werfen.“

„Mach doch!“

Natürlich machte es der Comte nicht, wenngleich es ihm schwer fiel, die Ungeheuerlichkeit unbeantwortet zu lassen. „Was soll es denn sonst sein?“

„Falsche Antwort, dieselbe Strafe.“ Wieder setzte es einen Tritt.

Das Spektakel am Rande der Arbeiten gewann aufmerksame Zuschauer, die nicht glauben wollten, was sie da sahen. Der Narr im Fürstenkostüm disziplinierte einen Adeligen. Das hatte es noch nie gegeben. Gelächter wurde laut und der Comte sah sich im Zentrum des Spotts, so dass er sich humpelnd entfernte.

Nach Narretei stand Lorenzo nicht der Sinn, auch wenn sie außergewöhnlich war. Draco musste seinen Verstand verloren haben, dass er einen Adeligen züchtigte und ihn zum allgemeinen Gespött machte. Das durfte der Fürst ihm nicht durchlassen, der Kerker wartete bereits erneut auf ihn.

„Wohin des Weges?“, fragte Angelo, der unversehens an seiner Seite stand.

„Keine Zeit“, erwiderte Lorenzo, „ich muss Cristina finden.“

„Was ist mit ihr?“

„Sie ist verschwunden.“

„Ich habe sie eben gesehen.“

Lorenzo hielt ein. „Wo?“

„Vor ihrer Kammer.“

„Geht es ihr gut?“

„Sicher. Warum nicht?“

Die Antwort lag ihm auf den Lippen, doch er sprach sie nicht aus. Zunächst wollte er mit ihr über letzte Nacht sprechen, bevor er dummes Zeug von sich gab und sich lächerlich machte. „Bis später.“

Die Tür zu Cristinas Kammer war nicht offen wie erhofft, sondern verschlossen. Sie konnte überall sein in den dreihundert

Räumen des Schlosses … oder in einem ganz bestimmten. Er ging die paar Meter zurück und drückte die Klinke zum Zimmer seines Vaters. Es gehörte zu Cristinas Aufgabe, dort für Ordnung zu sorgen, zu fegen, zu putzen und aufzuräumen, wenn der Maestro bei der Arbeit war.

„Cristina?"

Wie erwartet herrschte im Atelier das kreative Chaos eines Künstlers, der an ein und demselben Ort zeichnete, malte, aß, schlief, lebte, zweifelte und an neuen Ideen feilte. Ein großer Tisch in der Mitte des Raums trug die vielen Zeichnungen und Vorlagen für den nächsten Tag, ein Arsenal an Kohlestiften und Kreide, darunter die zerknüllten und zerrissenen Versuche, der Herausforderung gerecht zu werden, daneben ein Korb mit frischen Rollen Papier. Sein Vater malte an drei Bildern gleichzeitig, der Akt einer Unbekannten mit einer schwarzen Dienerin an ihrer Seite, ein Stier mit Europa auf dem Rücken und ein Ensemble von Musikanten. Das Bett war zerwühlt, auf dem Boden eine Weinflasche, ein Teller mit Brot und Käse, dazwischen unzählige Zigarrenstumpen, wie auch der Raum nach Zigarrenrauch stank.

Cristina war demnach noch nicht hier gewesen, sie hätte zumindest gelüftet, auch wenn sie nicht die beste Putzfrau war. Sein Vater schätzte sie trotzdem, je weniger sie veränderte, desto besser fand er in seine Arbeit zurück.

Er war bereits im Begriff die Tür zu schließen, als eine Zeichnung seine Aufmerksamkeit fand. Sie war eine unter den vielen anderen, die an der Wand hingen, eine Galerie von Gesichtern, Körpern, Tieren, Gegenständen und Kleidungsstücken, manch eine aus seiner eigenen Mappe. Es war der muskulöse Rücken eines Mannes, der weniger durch seine Form oder Anatomie fesselte, als durch die vielen Narben und eigenartigen Tätowierungen. Ein Reigen aus Blitzen zog sich über Schultern und oberen Rücken, teilte einen Walfisch in zwei Hälften und die wagemutige Besatzung eines Bootes in Todgeweihte und Überlebende. Ein fremdes Gestirn thronte über ihnen.

Daneben ein dunkles Blatt, das allein durch eine eigenartige Erhellung auffiel. Wenn er es genau betrachtete, auch durch Arme, Beine, einen Körper und einen Kopf. Selbst wenn man das Gesicht nicht erkannte, das brauchte es nicht, denn das Entscheidende war die Erscheinung – ein flüchtiger Schatten in rabenschwarzer Nacht. Nisha!

Damit war es klar. Vater kannte sie, und wer sie so treffend ins Fresko zu malen wusste, der musste sie vorher ausgiebig gezeichnet haben. Wo waren die Portraits von ihr?

Vaters Mappen mit den Zeichnungen standen in einem Holzgestell neben unbenutzten Staffagen, wo man sie bequem durchblättern konnte. Allerdings waren es an die drei Dutzend Mappen mit Hunderten Zeichnungen darin, das würde dauern.

An erster Stelle die aktuellen Entwürfe und Detailzeichnungen vom Kontinent Afrika. Das Kamel, ein Diener mit einem Köcher Pfeile auf dem Rücken, die Afrika nach seiner Zeichnung von Angelo, ein wohlhabender Kaufmann mit Hut, und hier der Alte mit grauem Haar und ausgezehrtem Oberkörper. Daran hatten sie wochenlang gearbeitet, eine schwierige Figur. Ein Pelikan und viele Details mehr. Er übersprang die nächsten Zeichnungen dutzendfach.

Asien, der misslungene Obelisk, ein Mann mit großem Schnauzbart, der Tiger und seine Jäger, der Elefant und … er stutzte. Was machte das hier?

Es war ein Gemälde vom Kloster San Lazzaro degli Armeni. Er kannte es von Geburt an und hatte es allmorgendlich vor Augen, wenn er die Fensterläden öffnete und hinaus auf die Lagune von Venedig schaute. Darauf folgten Skizzen des Klosterhofs und der Räume, insbesondere von der großen Bibliothek der Mechitaristen, einer Kongregation armenisch-katholischer Geistlicher.

Mechitar, der Gründer des Ordens war im Jahr vor ihrer Abreise nach Würzburg verstorben, ein tränenreicher Tag für alle in den Häusern der Tiepolos und Donàs, der einflussreichen Aristokratenfamilie, der seine Familie so viel zu verdanken hatte. Durch sie hatte sein Großvater viele Aufträge für seine Schiffe erhalten, Giovanni Battista Donà war gar der Pate seines Vaters. Donà stand Mechitar nahe und verschaffte seinem Patenkind Giovanni Battista Tiepolo die ersten Aufträge, darunter im armenischen Kloster auf San Lazzaro.

Lorenzo nahm die Zeichnungen heraus und setzte sich damit auf eine Truhe. Beklemmende Erinnerungen wurden mit Blick auf San Lazzaro, den Lido und die Menschen wach, die sich da im Umfeld des Klosters, der Schiffe und Boote tummelten. Fischer und Händler, ihre Rufe und so manches Lied waren darunter, die ihm das Herz schwer machten. Mehr als drei Jahre waren sie jetzt schon von Zuhause fort. Er war als Junge gegangen und würde als Mann zurückkehren, sobald die Arbeit hier erledigt war. Was war aus seinen Freunden geworden? Würden sie ihn wiedererkennen, ihn als einen der ihren wieder aufnehmen?

Eine bestimmte Figur in den Zeichnungen erregte seine Aufmerksamkeit. Was war das für ein seltsamer junger Mann, der sich in auffallend vielen Zeichnungen und Skizzen wiederfand? Kurzes, krauses Haar, ein weißes Hemd, das seine breite Brust offenbarte, kräftige Schultern und stets dieser selbe, fragende Blick. Man musste kein Maler oder Zeichner sein, um das Motiv zu erkennen. Stattliche Erscheinung trifft Sehnsucht und Wissbegierde, mal über Bücher gebeugt, mal über Landkarten oder in einen Brief vertieft.

Das war eindeutig Angelo.

## Er starb für uns, unsre Liebe sein Lohn

„Wo warst du? Ich habe dich überall gesucht."

Cristina schaute Lorenzo schräg an. „Warum?"

Sie ließ ihn stehen und machte sich eilig daran die Fenster zu öffnen und die schlimmste Unordnung zu beseitigen, während Meister Neumann, Maestro Bossi, Domenico und andere wichtige Handwerker und Künstler zur Tür hereinkamen. Zum Schluss sein Vater. Er wirkte entspannt, schenkte ihm gar ein aufmerksames Lächeln. Das bedeutete: Die Verlegung des Gerüsts war ohne nennenswerte Schwierigkeiten oder gar Unfälle vonstattengegangen. Jetzt setzten sie sich zusammen und besprachen die nächsten Arbeitsschritte.

Dabei lagen ihm drängende Fragen auf dem Herzen. Was suchten die Zeichnungen von San Lazzaro in den Skizzen für das Treppenhausfresko? War tatsächlich Angelo darauf zu sehen?

Es musste viele Jahre her sein, als sein Vater noch am Beginn seiner Karriere stand und Angelo ein junger Mann war. Hatte er ihn dort kennengelernt? War Angelo ein Mechitarist? Und vor allem: War die Nähe und Verbundenheit von Giovanni Donà zu den armenischen Mönchen etwa der Grund für …

„Was machst du hier?", schnauzte ihn Domenico an. „Hast du die Vorlagen für die nächsten Tagwerke schon fertig?"

Das war im Moment unwichtig. „Kennt Vater Angelo von San Lazzaro her?"

„Was soll die blöde Frage?"

„Antworte mir. Gehörte Angelo zu den Mönchen?"

„Ja, und jetzt verschwinde. Das Treffen beginnt gleich."

Lorenzo schnappte sich Cristina, die mit Abräumen und Auftischen von Getränken und Essen beschäftigt war. „Was hast du letzte Nacht im Keller gemacht?"

„Ich war in keinem Keller", fauchte sie ihn mit funkelnden Augen an.

„Ich habe dich mit Graf Falkenberg gesehen."

Eine kurze Unsicherheit, dann fasste sie sich. „Ach das", sie winkte ab, „der edle Herr wollte unbedingt den besten Wein des Fürsten trinken."

Das war eine Lüge, vor allem: Woher hatte sie den Schlüssel? Der Weinkeller des Fürsten war seine Schatztruhe. „Und du hast ihm den Wein einfach so besorgt?"

„Natürlich, jeder weiß, wo er sich befindet. Im Weinkeller."

Auch das war eine Lüge. „Warum hat er ihn nicht selbst geholt?"

„Weil … es ihm unangenehm war."

„Du lügst!“, platzte es aus ihm heraus, doch Cristina ließ sich nicht beirren.

„Jetzt lass mich arbeiten. Du siehst doch, das Treffen hat schon begonnen.“ Sie wandte sich ab und Maestro Tiepolo legte die Vorlagen für den nächsten Arbeitstag auf den Tisch, die anderen scharten sich darum.

„Domenico, du nimmst dir das Ohr des Elefanten vor. Eine schwierige Arbeit, die viel Können bedarf.“

Domenico nickte, während er die Zeichnung in Augenschein nahm.

„Herr Urlaub“, ein anderer Maler, „Ihr den Rüssel. Achtet auf die richtigen Proportionen, besonders auf die Perspektive. Die Gäste des Fürsten kommen aus dem Dunkel des Treppenhauses nach oben. Wenn sie an der Umkehr angekommen sind, offenbaren sich ihnen zu beiden Seiten unbekannte Welten. Das muss sie beeindrucken, bevor sie zum Schluss auf Europa treffen.“

Maler Urlaub nickte. „Habt keine Sorge, Maestro. Das wird es.“

„Meister Neumann“, fuhr Tiepolo fort, „wenn wir das Gerüst an die Europaseite verlegen, muss die Treppe belastbar sein. Wann ist es so weit?“

Neumann, Architekt und Bauleiter dieses Jahrhundertunternehmens, gab sich alle Mühe aufrecht zu stehen, was ihm nicht leicht fiel. Die Bauchschmerzen wurden offenbar schlimmer und der Meister immer weniger. Er war nur noch der Schatten seiner selbst, nein, eher ein Gespenst, so dünn und fahl wie er inzwischen war. Er hielt sich die schmerzende Seite, nickte und drückte ein „rechtzeitig fertig“ heraus.

In Maestro Bossi steckte hingegen das Leben von vielen, vielleicht zu vielen. Sein Blick war unstet, unsicher, zur Seite gerichtet, wo Cristina Gläser und Wein für die Gäste bereitstellte. Dann schaute er Lorenzo an, als wolle er ihn auf etwas hinweisen. Unter seinem sandfarbenen Mantel hielt er seinen Dreispitz in der einen Hand, mit der anderen zeigte er verstohlen auf Cristina und formte die Lippen zu einem Wort.

Lorenzo konnte sich keinen Reim darauf machen, außerdem verstand er nicht, was er ihm zeigen und sagen wollte.

Verlangte er etwa nach Angelo?

Das war das Stichwort. Lorenzo bedurfte Angelos Hilfe bei der Aufklärung einiger nagender Fragen. Eigentlich gehörte es zu dessen Aufgaben, Speis, Trank und Raum für die allabendliche Besprechung herzurichten, aber heute hatte das offensichtlich Cristina übernommen. Was hatte ihn davon abgehalten?

Lorenzo schenkte Bossi ein verständnisvolles Lächeln und machte sich auf den Weg zu Angelos Kammer. Doch die war verschlossen. Als nächste Stationen kamen die Schusterei, Schneiderei, Wäscherei und Küche infrage, wo er Kleidung und Essen für seine Herrschaft besorgte, aber auch dort: Fehlanzeige. Angelo sei zwar hier gewesen, hieß es, aber nun anderweitig unterwegs. Ein Diener wollte ihn beim großen Saal gesehen haben, wo die Herrschaften soeben den fünften Gang beendet hätten. Fünf weitere würden folgen, denn außer Essen und Trinken gab es für die feine Gesellschaft an diesem tristen Tag nichts anderes zu tun.

Und der Narr trieb wieder sein Unwesen … Schlimmer als die Heuschreckenplage vor ein paar Jahren. Wann endlich würde sich der Fürst besinnen und den Unhold der Stadt verweisen, ach, ihn gleich am Galgenberg aufknüpfen lassen.

Lorenzo gab nichts auf das Geschwätz, wenngleich er Verständnis aufbrachte. Seitdem Draco hier zugange war, stellte er die Ordnung auf den Kopf. Nachdem er sich heute erlaubt hatte, den Comte zu schimpfen und zu treten, war man verunsichert. Denn der Fürst hatte ihn dafür nicht zur Rechenschaft gezogen. Wie sollte man damit umgehen? War der Narr nun ein Herr oder ein Diener?

Die Tür zum großen Saal stand einen Spalt offen, Licht fiel heraus und förderte die Vermutung, dass es sich bei dem breitschultrigen Mann um Angelo handelte, der da die Vorgänge im Saal verfolgte.

„Was machst du hier?“, fragte Lorenzo.

Angelo erschreckte nicht einmal, sondern bedeutete ihm still zu sein. Im Saal ging gerade etwas vor sich.

Bei schummrigem Licht saßen der Fürst und seine Gäste schweigend an der Tafel, die Mienen ernst, als hörten sie ihr Urteil. Doch es war kein Richter, der da zu ihnen sprach, sondern Draco mit breitkrempigem Hut, langem, grauen Bart und im Mantel. In der Hand hielt er eine Laterne, die er einem nach dem anderen vors Gesicht hielt, während er zu ihnen sprach.

„Was macht er da?“, fragte Lorenzo.

„Still, hör zu“, drängte Angelo.

Und wahrlich, es war eine schauerliche Geschichte, die Draco da präsentierte.

*„Die Kythera fliegt über die tosende See*
*Gischt schäumt um den Bug wie Flocken von Schnee.*
*Von Konstantinopel fährt sie nach Venezia*
*und die Passagiere mit Kindern und Fraun*
*im Dämmerlicht schon das Ufer schaun,*
*und plaudernd an Andeo Čuvar heran*
*tritt alles: ‚Wie weit noch, Steuermann?'*
*Der schaut nach vorn und schaut in die Rund:*
*‚Noch dreißig Minuten ... Halbe Stund.'"*

Die *Kythera*? Lorenzo staunte nicht schlecht: „Spricht er etwa von Großvaters Schiff?"

Doch Angelo klebte mit feuchten Augen an Dracos Lippen:

*„Alle Herzen sind froh, alle Herzen sind frei*
*Da klingt's aus dem Schiffsbauch her wie Schrei.*
*Feuer! war es, was da klang*
*Ein Qualm aus Kajüt und Luken drang.*
*Die zehrenden Flammen lichterloh*
*stolpert auf Deck der schwarze Mohr.*
*Betet, stürzt euch in eisige Brandung*
*so der Schöpfer will, für eure Seelenlandung."*

Wenn die Herbst- und Winterstürme über die Adria tosten, ging so manches Schiff verloren, mit ihm Ladung und Besatzung. Sein Großvater hatte ihm oft davon erzählt, eben auch von seiner Kythera, die unweit des Heimathafens Feuer gefangen hatte und vor seinen Augen gekentert war. Ein fürchterliches Unglück, es hatte ihn sein halbes Vermögen und eine treue Besatzung gekostet.

Nur, woher kannte Draco die Geschichte, und warum trug er sie überhaupt vor?

„Angelo …"

„Ruhig. Kein Wort."

Das war überraschend rabiat und Lorenzo hatte gute Lust ihn dafür zu schelten, da sah er Tränen über seine Wangen laufen. „Was ist mit dir?"

Mit zittriger Stimme sprach er mit Draco die letzten Verse:

*„Sie lassen den Sarg in Blumen hinab*
*mit Blumen schließen sie das Grab.*
*Hier ruht Andeo Čuvar! In Qualm und Brand*
*hielt er das Steuer fest in der Hand.*
*Er hat uns gerettet, er trägt die Kron*
*er starb für uns, unsre Liebe sein Lohn."*

Das Licht der Laterne erlosch, Dunkelheit kam über sie und für einen Moment Stille, bis das Seufzen der Baronesse de Fleury die Andacht beendete. „Eine wahrhaft finstere Tragödie."

„Es ist genug, Narr." Es war der Fürst, der sprach. „Mach wieder Licht. Man sieht die Hand vor Augen nicht."

Die Antwort war ein Säuseln und Zischen, als führe der Wind durch die Takelage der sinkenden Kythera.

Jemand flüsterte „Memento mori".

Das konnte niemand anderer als Draco sein, was die aufkommende Furcht weiter beförderte.

„Narr! Es reicht!"

Ein Stuhl fiel um, ein Glas brach.

Auch Lorenzo wurde das Spiel zu viel. „Wir müssen was tun."

„Das geht dich nichts an", antwortete Angelo.

„Der Narr hat völlig den Verstand verloren."

„Geh nicht hinein", warnte Angelo, doch da war es schon zu spät. Lorenzo schlüpfte durch den Spalt.

„Das ist nicht lustig", zürnte der Comte de Valois und erntete ein infernales Lachen.

„Diener! Licht!"

Ein Aufschrei der Fleury. „Geh weg von mir."

„Zier dich nicht mein Täubchen. Dein Fürst hat Verlangen nach dir."

„Euer Gnaden?"

„Willst du mir zu Diensten sein?"

„Nie hätte ich es zu wagen erhofft."

„Ich erwarte dich um Mitternacht. Bring Wein und Wildbret."

Endlich hatte Lorenzo den Heizofen erreicht und öffnete die Klappe. Feuerschein fiel heraus, er erhellte einen schmalen Korridor, genug um Draco im Zwielicht zu erkennen, wie er ihn hasserfüllt anstarrte.

## Mitternacht

Beschwingt und angetrunken machte sich die Baronesse de Fleury auf den Weg. Der engen Kleidung entledigt, trug sie ein

Nachthemd, es würde die Sache einfacher und schneller machen. Im Gang war es still, niemand war zu sehen. Die Sterne standen günstig, sie spendeten Licht und versprachen Fortune. Vielleicht sprang ein Stück Land und ein kleines Chalet für sie heraus, das ihr ein Auskommen sicherte. Sie würde ihr Bestes dafür tun, und das war nicht wenig.

In der Linken hielt sie eine Weinflasche, in der rechten ein Stück gebratenen Fasan, ganz wie es der alte Geck Nimmersatt gewünscht hatte. Fressen, Saufen und ein heimliches Stelldichein bei Nacht, das war wahrlich keine Überraschung.

Sie schnurrte und flüsterte Frivoles, während sie den langen Gang entlang schritt, dabei ins Wildbret biss und es mit Wein hinunterspülte.

„Wo wäre die Macht der Frauen, wenn es die Eitelkeit der Männer nicht gäbe?"

Sie lachte, etwas zu laut und zu betrunken, aber das scherte sie nicht, schon bald würde sie hier die Befehle geben.

Die herrschaftlichen Gemächer des Fürsten lagen hinter der nächsten Ecke. Unerwartet zugig war es dort, sie fröstelte und würde Spielberger am nächsten Morgen dafür tadeln. In ihrem Schloss hatten bei Tag und Nacht angenehme Temperaturen zu herrschen. Türen und Fenster waren zu schließen …

Ein Fauchen ließ sie aufschrecken, im Dunkeln funkelten zwei Augen. Im nächsten Moment fiel sie hinten über, während sich Fangzähne in ihren Hals bohrten. Der Schrei der Baronesse erstickte im Blutschwall, ihr lebloser Körper glitt die Stufen hinab.

## Der Hölle Rache kocht in meinem Herzen

Selbst Fürst Greiffenclau musste endlich einsehen, was er lange nicht wahrhaben wollte: Seitdem der Narr im Haus war, war es mit der Ruhe und dem Frieden vorbei. Er stellte die gewohnte Ordnung auf den Kopf, Streit allerorten und in der Nacht gingen die seltsamsten Dinge vor, dass man fürchtete sein Leben und Seelenheil zu verlieren, wenn man sich mit ihm unter einem Dach befand. Es schien, als wäre mit dem Narr auch der böse Geist der letzten Hexe ins Schloss eingezogen.

Unfug, widersprach der Fürst den Vorhaltungen, die Hexe sei verbrannt und mit ihr die teuflische Seele.

Einen Toten habe es mit dem Diener des Comtes schon gegeben, und von Graf Falkenberg fehle noch immer jede Spur.

Aber das sei doch nicht die Schuld des Narren, erzürnte sich der Fürst über so viel Drängen. Der Diener sei durch die unglückliche Hand der Comtesse gestorben und was mit Falkenberg sei, wisse niemand.

Und was war mit der Blutspur vom Morgen, keine zehn Meter von den fürstlichen Gemächern entfernt? Sie reichte die Stiege hinab bis in den Garten hinaus. Es muss etwas Schreckliches geschehen sein. Erlauchter Fürst, handelt jetzt, bevor Schlimmeres passiert.

Das viele Blut vor seiner Tür, ja, das hatte ihm zu denken gegeben. Was war da letzte Nacht vorgegangen? Er hatte nichts gehört, hatte nach dem Theater des Narren geschlafen wie ein Murmeltier, aber leider auch schlecht geträumt. Hatten die Hunde ein Tier gerissen, das sich ins Schloss verirrt hatte? War jemand gestürzt? Wo war der Verletzte geblieben?

Die Antwort kam postwendend.

„Euer Gnaden", keuchte der Gärtner, „das Gehege mit den Raubkatzen …"

„Was ist damit?"

„Es steht offen."

„Kerl, bist du von Sinnen?!"

„Vergebt mir, Euer Gnaden, der betrunkene Knecht hatte Anweisung, aber er hat die Teufelsviecher nicht einmal gefüttert."

„Wo sind meine Kätzchen jetzt?"

Der Gärtner zuckte die Schultern. „Niemand wagt sich in den Garten, um sie zu suchen."

„Gebt der Wache Bescheid, und wehe, jemand tut ihnen etwas zuleide."

Der Fürst seufzte. Was für ein verrückter Morgen. An allen Ecken und Enden brodelte es. Was sollte nun mit dem Narr geschehen? Sollte er den drängenden Bitten stattgeben und ihn aus seinen Diensten entlassen oder ihn behalten?

Die nächste Störung. „Verzeiht, Euer Gnaden", es war Spielberger, „die Baronesse de Fleury …"

„Herrgott nochmal", fuhr er ihn an, „was ist mit dem Weibsbild denn nun schon wieder?"

„Verschwunden."

„Soll mir recht sein."

An anderer Stelle im Schloss herrschte ebenfalls Verwirrung, allerdings aus einem anderen Grund. Bei Morgenkaffee und Gebäck befragte Lorenzo seinen Diener Angelo.

„Wieso wusste ich nichts davon?“

„Weil es nicht wichtig ist“, antwortete Angelo.

„Weiß Domenico davon?“

„Vielleicht.“

„Vater?“

Angelo antwortete nicht darauf, wie er es immer tat, wenn es besser war zu schweigen als zu viel preiszugeben.

„Ich habe seine Zeichnungen von San Lazzaro gesehen“, legte Lorenzo nach.

„Das ist lange her.“

„War Draco da auch schon auf der Insel?“

„Nein, er kam später.“

„Als du auf große Fahrt gingst mit der Kythera, dem Schiff meines Großvaters?“

Angelo nickte. „Und er heißt nicht Draco, sondern Drago – der Freudige, der Wertvolle.“

„Ein kroatischer Name?“

„Seine Familie stammt aus Triest“, die bedeutende Hafenstadt unweit von Venedig, wo auch die Schiffe deines Großvaters anlegten und er Seeleute für die weiten Reisen nach Konstantinopel, Nordafrika und Spanien anheuerte.

„Ihr ward zusammen auf der Kythera, als sie unterging?“

Ein Nicken.

„Sie sank vor den Augen meines Großvaters. Viele starben …“

„Nein, viele überlebten. Dank Vule.“

„Wer ist Vule?“

„Er war der Steuermann, Dragos jüngerer Bruder. Er hat bis

zum Schluss ausgehalten und die Kythera bis kurz vor San Lazzaro geführt."

„Hieß der Steuermann im Gedicht von Drago nicht Andeo ...?"

„Andeo Čuvar bedeutet Schutzengel. So haben ihn die Überlebenden genannt."

„Und was war mit Drago, als die Kythera unterging?"

„Er hat die Frauen und Kinder an Land gebracht. Zum Schluss fehlte ihm die Kraft, auch noch Vule zu retten."

„Er sah ihn sterben."

Angelo nickte. „Das hat er sich nie verziehen. Er war für seinen kleinen Bruder verantwortlich."

Was musste das für ein schrecklicher Alptraum gewesen sein. Kein Wunder, dass Drago das Leben anders sah als die anderen.

„Wie kam er nach Würzburg?", fragte Lorenzo.

„Sie", erwiderte Angelo knapp.

„Wer, sie?"

„Drago hat sich Vules schwangerer Frau und der Tochter angenommen. Er hat sie geliebt und verehrt, die Kinder aufgezogen als wären es seine eigenen."

„Wo sind sie jetzt?"

Genug, Angelo leerte den Becher und stand auf. „Es ist nicht gut, alles zu wissen. Manche Dinge sollten im Dunkel bleiben." Er wandte sich ab.

Doch Lorenzo ließ nicht locker. „Was ist so geheimnisvoll an Dragos ... Vules Frau und Kindern?"

Angelo fuhr herum, die Augen zusammengekniffen und die

Lippen spitz, und zum ersten Mal in seinem Leben bekam Lorenzo Angst vor ihm. „Der Tod!“

Dann ging er seines Wegs und Lorenzo beschloss, es gut sein zu lassen. Diesen Koloss zu reizen, barg Risiken, denen er sich bislang nicht bewusst gewesen war. Er beugte sich über den Becher Kaffee und sann über Angelos Antworten.

Drago und er waren gemeinsam zur See gefahren und das auf einem Schiff seines Großvaters. Vermutlich hatte der den jungen Angelo auf San Lazzaro angeheuert, wo sein Vater auf Vermittlung seines Paten Giovanni Donà die ersten Aufträge erhalten hatte. Nach dem Untergang der Kythera hatte sich Drago auf San Lazzaro gerettet, gleichwohl nahm er Frau und Kinder seines Bruders Vule unter seinen Schutz und in Fürsorge. Triest, Venedig und San Lazzaro waren voneinander nur einen Katzensprung entfernt, und wie er seinen Großvater kennengelernt hatte, hätte der sich um die Überlebenden und Hinterbliebenen gekümmert.

Auf den Schiffen und in der Werkstatt gab es immer Bedarf an Arbeitern. Demnach würde auch sein Vater Drago und seine Familie kennen ... Was für ein Lügenbold sein Vater doch war, als er vorgegeben hatte, Drago nicht zu kennen.

Moment, hatte er es wirklich verneint? Oder sagte er damals nur, Lorenzo solle den Narren zu ihm bringen? Warum aber war Drago überhaupt nach Würzburg gekommen, er war doch Seemann und musste sich um Vules Familie kümmern ...?

Eine Magd kam in die Küche gerannt, in ihrem Gesicht spiegelte sich Freude und Erleichterung.

„Der Narr hat ausgedient. Der Narr kann gehen.“

Die Reaktionen waren zweigeteilt, Zustimmung und Enttäuschung. Lorenzo gehörte zu den Erstaunten. „Warum sollte der Narr ausgerechnet jetzt gehen müssen?"

„Der Fürst ist seiner überdrüssig nach all dem Unheil, das er über uns gebracht hat."

Vermutlich wegen letzter Nacht und seinem grusligen Theater im großen Saal. Im Durcheinander hatte es wohl einen Verletzten gegeben, Blut war in einem der Gänge gefunden worden.

„Aber er darf noch eine Abschiedsvorstellung geben", fuhr sie fort, „das hat ihm der Fürst zugestanden."

Das verhieß nichts Gutes nach all dem, was er über ihn in Erfahrung gebracht hatte. Lorenzo verließ die Küche. Sonnenstrahlen fielen durch die Fenster herein. Gott sei Dank war das Schmuddelwetter endlich vorbei und man konnte wieder ins Freie gehen, ohne sich nasse Füße zu holen. Im Garten war aber seltsamerweise niemand zu sehen, außer … einer Raubkatze, die seelenruhig durch die Blumenbeete lief, das Maul blutig rot, als hätte sie soeben gekämpft oder … gefressen!

Um Himmels Willen, wer hatte das Vieh aus dem Käfig befreit? Und dort noch eins, ebenfalls mit blutiger Schnauze. Es legte sich in die Sonne und begann seine Pfoten und das Maul zu lecken.

„Wachen!" rief er und begann zu rennen, „Wachen!"

Im großen Saal traf er niemand an, hörte aber eine Stimme aus dem weißen Saal kommend, ging ihr nach und landete schließlich im Treppenhaus.

Dort ruhten die Bauarbeiten, nicht aber ein Kerl im bunten Kostüm eines Harlekins, wie er es aus Venedig kannte. Er trug auch die typische, schwarze Maske, einen Hut und in der Hand ein langes, biegsames Schlagholz mit dem er die Ungehorsamen und Dummen züchtigte. Allerdings auch einen Degen am Gürtel, was überhaupt nicht passte.

Ihm zur Seite stand eine Colombina, die zweite klassische Figur der italienischen Commedia dell'arte, die in den letzten Jahrzehnten große Erfolge in vielen Ländern gefeiert hatte. Das Ganze war eine lustige Unterhaltung mit derben Sprüchen zur Erheiterung der Zuschauer, und wahrlich, es waren viele. Unten auf der Treppenumkehr saßen die Arbeiter und Handwerker, oben am Umlauf der Fürst und seine Gäste in bequemen Sesseln, dahinter standen die hohen Beamten des Fürsten, an den Türen die Diener. Im Grunde war es ein krasser Verstoß gegen jede Regel und Etikette – Herren und Diener wohnten nicht gemeinsam einer Veranstaltung bei, sie hielten sich nicht einmal in ein und demselben Raum auf. Es musste der grenzenlosen Güte des Fürsten zu verdanken sein, dass dieses Mal eine Ausnahme gemacht wurde.

„Ihr seid ausgesprochen wohlwollend, Euer Gnaden", lobte ihn der Comte de Valois, „dass Ihr dem bedauernswerten Narren das Gnadenbrot auf eine letzte Vorstellung gewährt."

Greiffenclau lächelte höflich. „Nun denn, Narr, gib dein Bestes, damit ich es nicht bereue dich an meinen Hof gerufen zu haben."

Dann steckte also Drago hinter der Maske, aber wer war die junge Frau an seiner Seite im adretten Kleid einer Bürgersfrau und einer Haube auf dem schwarzen Haar. Lorenzo musste zweimal hinsehen und als er sie erkannte, stockte ihm der Atem.

„Welch ein trostloser Morgen“, klagte Nisha, die die Colombina spielte. „Arlecchino, weißt du eine schöne Geschichte zu erzählen? Etwas über Liebe, Reichtum oder Macht? Ich dürste danach.“

„Bravo“, klatsche der Comte, „auf den Punkt gebracht“, was ihm einen schrägen Blick Greiffenclaus einbrachte.

Doch Arlecchino schien nicht in Stimmung, schon gar nicht für umsonst. „Was bekomme ich dafür?“

„Was willst du haben?“

Wenn der Arlecchino gut war, würde er ein paar frivole Anspielungen machen, um die Gunst der Zuschauer zu gewinnen. Das tat er dann auch, wanzte sich an sie heran und legte ihr die Hand auf den Po.

„Ich wüsste schon was.“

Applaus und Gelächter schallten von der Treppe herauf.

„Finger weg, du Flegel. Meine Unschuld gehört meinem Prinzen.“

„Bist du denn auch eine Prinzessin?“ Fürstlicher und gräflicher Applaus. „Warum sollte ich dir das Geheimnis von Ruhm und Macht verraten“, zürnte Arlecchino, „wenn du mir nicht einmal ein wenig Freude bereiten willst?“

„Als ob ein Lustmolch wie du es kennen würde.“

„Hochmut gesellt sich gern zur Blindheit.“

„Frechdachs!“ Sie nahm ihm den Schlagstock weg und prügelte ihn. „Was erlaubst du dir?“

Applaus von unten und oben. So etwas sah man gerne, gleich welcher Stellung man war.

„Gnade! Gnade! Ich will’s dir ja verraten“, flehte Arlecchino.

„Damit ist bewiesen, dass eine schwere Zucht das Verständnis fördert, aber auch die Zunge löst." Ein Lacher in allen Reihen. „Nun denn, ich höre. Was ist das Geheimnis von Glück und Erfolg? Und wage nicht mich zu betrügen, sonst setzt es Prügel."

Der Comte pflichtete eifrig bei. „Famos, Euer Gnaden. Wieso war Euer Narr nicht immer so spaßig?"

Greiffenclau verkniff sich die Antwort, stattdessen war er gespannt, was der Arlecchino zu berichten hatte. „Narr, sag uns, was ist das Geheimnis?"

„Das ist nicht leicht", erwiderte er, „ich brauche Hilfe."

„Sie sei dir gewährt."

„Was auch immer ich benötige?"

„Da es dein letzter Wunsch in meinem Haus ist, sprich ihn aus."

„Welch großzügiges Angebot, Euer Gnaden. Dann wähle ich den Comte de Valois als meinen Assistenten."

Der war ebenso überrascht wie alle anderen. „Mich? Womit kann ich dir schon helfen?"

„Bescheidenheit, welch unerwartete Zier, und edel obendrein."

„Hast du etwa anderes erwartet? Das alleredelste Leben der Welt, ja, vielleicht des Himmels ist das Leben am Hof eines vorzüglichen Regenten wie es unser durchlauchtester Fürst ist."

„Wohl gesprochen, doch wahr ist, dass Leiden edel ist, und wer am meisten leidet, ist der Alleredelste."

Der Comte lachte laut und breit. „Welch Unsinn, eines Narren allerwürdigst."

„Das sage nicht ich, sondern einer eurer edelsten Denker, Meister Eckhart, den ihr ins Feuer schicken wolltet."

„Ein Ketzer also."

„Wofür würdet Ihr ins Feuer gehen, edler Comte? Aber bedenkt dies, bevor Ihr antwortet", und Drago zeigte hinauf zum Fresko, „was würdet Ihr für die Ewigkeit tun?"

Die Blicke aller lasteten auf dem Comte, kein Wort wurde gesprochen, jeder wollte seine Antwort hören. Er schaute reihum, lächelte, genoss die Aufmerksamkeit.

„Die Antwort ist einfach: Was kann ein Mensch mehr erreichen, als dass man sich seiner mit größter Hochachtung und Wertschätzung erinnert?"

„Und, wie wollt Ihr das erreichen?"

„Indem ich nun das Rätsel löse, das du gestellt hast."

Ein Raunen ging um, ungläubige Blicke.

„Ihr habt es tatsächlich gelöst?", fragte Greiffenclau überrascht.

„Ja, das habe ich, Euer Gnaden." Er trat an den Rand des Umlaufs und zeigte hinauf zu den kryptischen Schriftzeichen. „Dort steht in geheimer Sprache geschrieben: ‚Strahlen aus der Mitte erhellen Himmel und Erde zum Ruhme Gottes'."

Alle Köpfe reckten sich zum Steinblock mit den Schriftzeichen und suchten darin die Antwort des Comtes zu erkennen.

„Das soll dein Geheimnis von Glück und Reichtum sein?", fragte Colombina den Arlecchino.

Die Frage beschäftigte alle, man sah sich zweifelnd an.

Auch Greiffenclau war nicht überzeugt. „Wie habt Ihr das Rätsel gelöst? Man hat mir versichert, es sei nicht zu lösen."

„Ja, werter Comte", legte Drago nach, „wie habt Ihr es geschafft?"

„Anfänglich hat es mich vor Probleme gestellt, aber dank meines Fleißes und Wissens über die alten Schriften ist es mir gelungen."

„Bei Eurer Ehre", sagte Drago, „und allem, was Euch wert und heilig ist, seid Ihr Euch sicher?"

„Narr!", echauffierte sich der Comte, „es besteht kein Zweifel an meiner Lösung. Wer anderes behauptet, ist des Todes." Seine Hand ging zum Degen, den er an der Seite trug.

Noch immer zweifelte Greiffenclau, und es kam auch Unbehagen dazu. „Maestro Tiepolo! Wo seid Ihr?"

Der Maestro trat aus dem Schatten des Gerüsts hervor, wo er sich verborgen hielt. „Hier bin ich, Euer Gnaden."

„Stimmt es, was der Comte da sagt? Strahlen aus der Mitte … was auch immer."

Bevor er antwortete, trat er in Blickkontakt mit Drago. Der nickte und gab Colombina ein Zeichen, dass es so weit war.

„Die Antwort ist falsch", rief Tiepolo.

Ein Raunen ging durchs Treppenhaus, gefolgt vom Protest des Comtes. „Lügner!", schrie er hinauf. „Kommt herunter und ich will Euch lehren meine Ehre infrage zu stellen."

Das war nicht nötig, Drago setzte zum Gegenschlag an. „Der Lügner seid Ihr selbst, und ein hinterhältiger Betrüger obendrein."

„Narr!", ging Greiffenclau dazwischen, „beherrsche dich."

„Es ist wahr, Euer Gnaden, der Comte verspottet Euch. Er sagt mit seinen Lügen nichts anderes, als dass die Sonne im Mittelpunkt des Universums steht und nicht die Erde. Er ist ein Anhänger des Ketzers Galilei, dessen lügnerische Schriften unser Heiliger Vater verboten hat."

Auch wenn sich Galileis neues Weltenbild bei den Gelehrten mittlerweile etabliert hatte, war es noch lange nicht die offizielle Position des Heiligen Stuhls, im Gegenteil, Galileis Schriften waren verboten, denn sie gefährdeten die römisch-katholische Glaubenslehre von der Erde als Zentrum des Universums.

Auf den ersten Schock folgte Verwirrung, Greiffenclau befahl seinen Hofkanzler herbei, beratschlagte sich mit ihm, während der Comte sich im Mittelpunkt des Argwohns sah. Hunderte Augen brandmarkten ihn als Lügner, Spötter und am schlimmsten als Ketzer gegen das unanfechtbare, heilige Wort der Kirche.

„Ketzer!", beschuldigte ihn Drago mit ausgestrecktem Finger, Colombina tat es ihm gleich und einer nach dem anderen stimmte mit ein.

„Ketzer!"

„Du elendes Miststück von einer Hore", schrie der Comte und meinte Nisha, und damit ging Lorenzo auf, wer die rätselhafte Frau an der Seite des Comtes in jener Nacht gewesen war, die er verfolgt, aber nicht gestellt hatte. „Was hast du mir da eingeflüstert?" Er zog den Degen und Drago den seinen.

„Jetzt ist es endlich soweit", sagte der ehemalige Narr und in seiner Stimme schwang Zufriedenheit mit. „Wenn ich die Götter nicht beugen kann, so will ich wenigstens die Hölle bewegen!"

Die Klingen wurden gekreuzt und Greiffenclau ließ es geschehen. Einer der beiden war ein Lügner und Betrüger, und er konnte nur hoffen, dass es der Comte war. Denn wenn es stimmte, was da in den armenischen Schriftzeichen zu lesen und im Götterhimmel zu sehen war, würde niemand mehr ruhigen Gewissens in sein Schloss kommen. Ein Ketzerspruch an seinem Götterhimmel? Was für eine Schmach!

Lorenzo hielt sicheren Abstand zu den Kombattanten, sein Interesse galt Nisha, die stets an der Seite Dragos blieb, sodass man meinen konnte, der Comte kämpfte gegen zwei Gegner. Und im Grunde war es auch so, nur dass der eine seine Klinge offen führte, die andere verdeckt. Nisha schien auf den passenden Moment zu warten, lenkte derweil die Aufmerksamkeit des Comtes auf sich.

„Gott möge ein gerechtes Urteil fällen", sagte Angelo, der unvermittelt hinter Lorenzo auftauchte.

„Wieso gerecht und wieso ein Urteil?", fragte Lorenzo, die Augen nicht vom Kampf lassend. Drago war wie immer flink auf den Beinen, aber der Comte hatte den Umgang mit dem Degen von Kindheit auf gelernt. Er war im Vorteil.

„Weil das Verbrechen aus der Karnevalsnacht noch immer nicht gesühnt ist."

Die Gedanken überschlugen sich. Karneval? Verbrechen? Sühne?

„Was redest du da?"

„Nisha ist Vules Tochter", erwiderte Angelo.

Und die Frau und der Junge, die in jener Nacht unter den Hieben und Tritten des Comtes und seines Dieners ums Leben gekommen waren …

„… waren Dragos Schwägerin und sein Neffe."

Jetzt fügte sich ein Teil ans andere.

„Wusste Vater davon?", fragte Lorenzo.

„Sie kamen auf seine Empfehlung hin nach Würzburg, um Station am Hof des Fürsten zu machen."

„Als was? Drago ist doch Seemann."

„Nisha, ihr Bruder und ihre Mutter aber Akrobaten aus Arabien. Und Drago war einst der Herr der Takelage …"

Angelo stockte, denn Drago ging getroffen zu Boden.

Der Comte jubelte. „So geht man mit Lügnern um. Und nun zur nächsten Lügenkanaille", er wandte sich an Nisha, die vom unerwarteten Todestreffer erstarrt war und sich mit dem Degen des Comtes konfrontiert sah. Mit ihrer kurzen Klinge hatte sie keine Chance, es würde eine Hinrichtung werden.

„Euer Gnaden!", rief Lorenzo, „habt Erbarmen. Der Narr ist tot."

Doch Greiffenclau zögerte, was der Comte als Erlaubnis wertete. Er ging in Stellung …

Es galt keine Sekunde länger zu warten. Lorenzo stürzte sich auf ihn. „Haltet ein!", schrie er, und dieser eine Moment der Ablenkung reichte Nisha, um den Schnitt zu setzen.

## NOVEMBER 1753

Es war so weit. Die vielen Kisten waren gepackt und verladen, die Kutscher bereit zur Abfahrt. Der Fürst und seine hohen Beamten verabschiedeten die Tiepolos standesgemäß im Ehrenhof. Sogar das Hoforchester war angetreten und spielte fränkische Weisen, möge man viel Gutes von Würzburg nach Venedig tragen. Wein und Würste obendrein, das gute Brot und natürlich die Taschen voller Geld. Es war ein äußerst lukrativer Aufenthalt für die Tiepolos gewesen, sicher auch ein unvergesslicher.

„Lorenzo!", hallte es durchs Treppenhaus, „komm endlich. Sonst fahren wir ohne dich."

„Sofort!", erwiderte er auf die Aufforderung seines Bruders Domenico. Ein letztes Mal wollte er den Blick über den Götterhimmel und die vier Erdteile wandern lassen.

Wahrlich, es war ein Meisterwerk, das sein Vater an dieser sechshundert Quadratmeter großen Decke vollbracht hatte. Derartiges hatte es noch nie gegeben und würde es auch nie mehr geben. Dieses Fresko war einzigartig. Weder Versailles, Wien, noch Rom oder Venedig durften sich eines solchen Kunstwerkes rühmen. Es stellte diese herzogliche Bischofsstadt im fruchtbaren Tal des Mains über alle anderen.

Allerdings würde in hundert Jahren niemand mehr wissen, wie es zustande gekommen war, welche Geschichte und Geschichten zu seiner Entstehung beigetragen hatten. Die Chronisten hielten nur fest, was der Fürst gestattete – die offizielle Version von einer wunderbaren Zusammenarbeit zwischen einem kunstbeflissenen Mäzen und Herrscher und einem außergewöhnlichen Künstler aus Venedig. All die vielen kleinen, aber entscheidenden Details fielen dem Stillschweigen und somit dem Vergessen anheim, was letztlich vielleicht das Beste war. Würden die später Geborenen erfahren, was sich in den knapp drei Jahren am Hof Greiffenclaus zugetragen hatte, würden sie es entweder nicht glauben wollen oder es ins Reich der Fabel verweisen.

Hoffourier Spielberger hatte deshalb seine Aufzeichnungen

der vergangenen drei Jahre dem Fürst persönlich auszuhändigen und ihm einen Eid auf Stillschweigen zu leisten. Bei dieser allumfassenden Pracht sollte keiner auf den Gedanken kommen, es sei nicht in Harmonie entstanden.

Nur wer sich das Fresko genau besah und die richtigen Schlüsse daraus zog, würde Verdacht schöpfen, Fragen stellen. Was hatte es mit der seltsamen Aufteilung des Götterhimmels auf sich, an dem Apoll weit weg vom Fürsten strahlte, dafür Merkur in seine Nähe rückte? Wer waren all diese Figuren in den Erdteilen mit den einprägsamen Gesichtern? Alles Phantasie? Auch ihre mitunter verstörenden Darstellungen. Was sollten sie bedeuten?

Würde sich jemals jemand an die Entzifferung der armenischen Zeichen wagen oder sie vorschnell als ein verunglücktes Alphabet abtun? Würde jemand Nisha und Drago erkennen, den Comte de Valois, der sich trotz seines schändlichen Ablebens dennoch im Fresko befand, allerdings an weitaus unrühmlicher Stelle? Die Baronesse de Fleury, von der nur ihr Nachthemd übrig blieb, oder Graf Falkenberg, dessen zu großer Durst in einem der riesigen Weinfässer der fürstlichen Keller gestillt worden war?

Und schließlich waren da ja auch noch ein paar andere verstörende Details, die der oberflächliche Betrachter übersehen konnte, weil er die Hintergründe nicht kannte. Am Bildnis des Fürsten Greiffenclau hing ein Drache, den man leicht als Greif missverstehen konnte, dabei war es niemand anderer als Drago, fälschlicherweise Draco, der Drache, wie er die Himmelfahrt des Fürsten zu verhindern versuchte.

Ansonsten ging der Maestro wohlmeinend mit den anderen, wichtigen Personen dieses Bauvorhabens um. Der kranke Meister

Neumann war im Sommer seinem Leiden erlegen, als junger, tatkräftiger Obrist fand er sich nun in der Europa-Allegorie wieder, daneben auffällig zentral Maestro Bossi, der den Betrachter verstörend ansah, sein Fingerzeig galt Cristina im Hintergrund zusammen mit der Hofkapelle und Signora Platti am Notenblatt.

Doch am meisten verwunderte die gesichtslose Figur, die keine Armlänge von Bossi entfernt stand. Das Gesicht war mit Haaren verhangen, der kräftige Oberkörper in einen kastanienbraunen Mantel gehüllt, ausdruckslos, abwartend, beobachtend. Was hatte sein Vater mit der Darstellung Angelos ausdrücken wollen? Was hatte ein Diener in unmittelbarer Nähe zu den wichtigen Protagonisten und vor allem zum Fürsten verloren? Das war und blieb unerklärlich, auch und gerade, weil er seinen Vater dazu befragt hatte. Der aber hatte nur ein Schweigen als Antwort für ihn übrig.

Auch blieb Dragos Rätsel mit den armenischen Buchstaben ungelöst, einzig deswegen, weil sein Vater jede Frage mit Nein beantwortete. Dem Fürsten gegenüber blieb es beim Alphabet und dass er sich deswegen keine Sorgen zu machen brauche, aber mit dieser Ausrede konnte er Lorenzo nicht täuschen. Neben den kryptischen Zeichen hatte er seine Signatur hinterlassen. Das machte er nicht ohne Grund und Motivation. Alles, jedes kleinste Detail hatte eine Bedeutung. Warum sollte er ausgerechnet hier eine Ausnahme machen?

„Es ist Zeit, junger Herr“, sagte Angelo, „die Kutscher sind aufgesessen.“

„Einen Moment noch“, bat Lorenzo und versuchte sich alles

in Erinnerung zu rufen, das mit der Entstehung des Rätsels vorgefallen war. Ganz zu Beginn, als Drago es der Hofgesellschaft gestellt hatte, war eine Bemerkung gefallen und sie war von Angelo gekommen. „Was meintest du damals, dass niemand das Rätsel lösen könne?“

„Habe ich das gesagt?“

„Täusche mich nicht länger, Angelo, du hast deinen Spaß mit mir gehabt“, erwiderte er verärgert. „Sag mir endlich, was die Zeichen bedeuten.“

„Euer Vater hat sie anbringen lassen, nicht ich.“

„Ich habe nie daran geglaubt, dass er die Zeichen versteht. Er ist ein exzellenter Maler, aber kein Schriftgelehrter. Es gibt nur eine einzige Person in seinem Umfeld, die es ihm eingeflüstert haben kann.“

„Wer könnte das sein?“

„Niemand anderer als du!“ Er stand auf, Auge in Auge mit Angelo wollte er die Wahrheit hören, auch wenn ihm wieder die Haare ins Gesicht hingen. „Du bist der Einzige von uns, der eine längere Zeit auf San Lazzaro degli Armeni verbracht und die Schriften studiert hat.“

„Ich bin nur ein Wilder, junger Herr.“

„Du bist …“ und in diesem Moment wurde Lorenzo klar, wieso sein Vater Angelo so herausragend dargestellt hatte, vor allem mit unkenntlichem Gesicht. Das war, wie viele andere Figuren auch, eine Allegorie auf das geheime Wissen, das verborgen bleiben sollte. Vielleicht würden spätere Gelehrte es ergründen können, aber für den Moment war es für den Maestro sicherer, wenn die Botschaft geheim blieb. Nur, was war die Botschaft?

„Ihr braucht nicht alles zu wissen, junger Herr", lenkte Angelo ein, „nur so viel: Mit bloßen Buchstaben lässt sich das Rätsel nicht lösen."

„Womit dann?"

„Denkt nach: Was gibt es noch für andere Zeichen als Buchstaben?"

Lorenzo dachte nach und sah den Wald vor lauter Bäumen nicht. „Ich verstehe nicht, was du meinst."

„Zahlen lösen das Rätsel in Verbindung mit anderen Symbolen." Angelo zeigte hinauf zum Fresko. „Seht Ihr bei den afrikanischen Händlern die wie zufällig hingeworfenen Zeichen auf den Säcken und Fässern?"

Ja, das tat er, es waren belanglose Kritzeleien, die eine überbordende Phantasie erschaffen hatte. Oder waren sie doch von Bedeutung, nur hatte sie bisher niemand mit den armenischen in Verbindung gebracht?

„Was steht nun geschrieben?"

„Darüber sprechen wir auf der Heimfahrt. Aber so viel ist sicher: Der Götterhimmel wird fallen."

Lorenzo gab sich nicht damit zufrieden. Hier, an Ort und Stelle, wollte er die Lösung erfahren.

„Genug jetzt", beschied Angelo, „ich habe die Erlaubnis Eures Vaters, notfalls Gewalt anzuwenden, wenn Ihr nicht sofort kommt. Außerdem wartet jemand auf Euch."

„Wer?"

„Seht selbst."

Am Treppenaufgang stand Nisha und die Freude ließ die Gedanken um das Rätsel verblassen. Mit schnellen Schritten lief

er zu ihr hinunter, unsicher, ob er sie vor Glück in die Arme schließen durfte.

„Hat man dich aus dem Kloster entlassen?“, fragte er verlegen und nicht weniger ungeschickt.

Sie nickte. „Der Fürst war gnädig. Ich habe für den Tod des Ketzers gebüßt.“

„Was wirst du jetzt tun?“, fragte er.

„Wenn ihr noch einen Platz in der Kutsche frei habt, würde ich mich euch gerne anschließen.“

„Du kommst mit uns nach Venedig?“ Er hätte es am liebsten hinausgeschrien.

„Los, jetzt“, befahl Angelo, „sonst muss ich Euch ins Weinfass stecken oder bevorzugt Ihr die Raubkatzen?“

Lorenzos staunender Blick traf Angelo. Was war er nur für ein Narr gewesen, ihn so zu unterschätzen.

## Danksagung

Ich danke für Hilfe und Unterstützung bei der Recherche:

Prof. Dr. Matthias Staschull (Bayerische Schlösserverwaltung) für den famosen Aprilscherz und die Idee, Prof. Dr. Armenuhi Drost-Abgarjan (Orientalisches Institut, Martin-Luther-Universität Halle-Wittenberg) für die Interpretation der alt-armenischen Schriftzeichen, Prof. Dr. Stella Vardanyan (Matenadaran, Scientific Research Institute of Ancient Manuscripts, Jerewan/Armenien) für Ihren Aufsatz *The Armenian Alphabet and its Inventor Mesrop Mashtots in Tiepolo's Treppenhaus Fresco in Würzburg*, Dr. Raffi Kantian (Deutsch-Armenische Gesellschaft) für die Vermittlung des Kontakts, Dr. Alice Thaler-Battistini (Schweizerische Gesellschaft für Symbolforschung) für die Deutung des „Manns ohne Gesicht" hinsichtlich Cesare Ripas *Iconologia*, Dr. Verena Friedrich (Institut für Kunstgeschichte, Universität Würzburg) für die erste Orientierung beim Treppenhausfresko, Désirée Baur und Christoph Pitz für die kunsthistorische Begleitung.

Und schließlich meinem Verleger Thomas Häußner (Echter Verlag) für das Vertrauen und den unternehmerischen Mut, dieses Herzensprojekt von mir zu verwirklichen.

Allen ein fränkisches *Vergelt's Gott!*